国际名校名师推荐

数字魔鬼

［德］汉斯·恩岑斯伯格◎著
［德］罗特劳特·苏珊娜·贝尔纳◎绘
朱显亮◎译

接力出版社
Publishing House

桂图登字：20-2014-188

Title of original German edition:
DER ZAHLENTEUFEL: EIN KOPFKISSENBUCH FÜR ALLE, DIE ANGST VOR DER MATHEMATIK HABEN
Author: Hans Magnus Enzensberger
Illustrator: Rotraut Susanne Berner

Chinese language edition arranged through HERCULES Business & Culture GmbH, Germany

---

图书在版编目（CIP）数据

数字魔鬼／（德）汉斯·恩岑斯伯格著；（德）罗特劳特·苏珊娜·贝尔纳绘；朱显亮译.—南宁：接力出版社，2016.3（2024.6重印）
（国际名校名师推荐）
ISBN 978-7-5448-4309-6

Ⅰ.①数… Ⅱ.①汉…②罗…③朱… Ⅲ.①儿童文学－长篇小说－德国－现代 Ⅳ.①I516.84

中国版本图书馆CIP数据核字（2016）第034814号

数字魔鬼
SHUZI MOGUI

责任编辑：李茗抒　美术编辑：刘迪
责任校对：高雅　责任监印：刘宝琪　版权联络：金贤玲
社长：黄俭　总编辑：白冰
出版发行：接力出版社　社址：广西南宁市园湖南路9号　邮编：530022
电话：010-65546561（发行部）　传真：010-65545210（发行部）
网址：http://www.jielibj.com　电子邮箱：jieli@jielibook.com
经销：新华书店　印制：河北尚唐印刷包装有限公司
开本：890毫米×1240毫米　1/32　印张：5.75　字数：160千字
版次：2016年3月第1版　印次：2024年6月第6次印刷
印数：39 001—42 000册　定价：35.00元

让数字魔鬼陪你玩

我面前摆的是一本德国著名作家汉斯·恩岑斯伯格写的《数字魔鬼》。数字怎么成了魔鬼了？我不解。接着是宣传语“献给所有害怕数学的学生”，说明这是一本专门为害怕数学的学生写的书，怎么还有这样的书？我迷茫。

读完全书，我明白这是一本很有趣的中篇数学小说，很值得那些不喜欢数学，乃至害怕数学的学生读一读。

学生为什么害怕数学？是因为学习数学没兴趣，学不懂，考试成绩不好。有的人毕业多年，有时晚上做梦，还梦到考试，考数学，有一道题怎么也做不出来，憋出一身汗，生生给吓醒了。有人为了躲开数学，考大学只报考文科。

数学真的那么可怕吗？是什么原因造成有些人感到数学可怕？首先，数学这门学科的一个特点是简单、抽象，逻辑推理性强。因为只有简单才能有广泛的应用；只有掌握了抽象，才能居高临下，观局部而知全局；只有拥有了较强的逻辑推理能力，才能有创新，分析问题才能有条有理，以理服人。原来数学这些可怕的地方，正是数学的有用之处。其次，学习数学史可以知道，数学的理论大多数来源于实践，从生活中、生产中来。而这一切从课本上很难看到，课本把这些理论的来源和日常生活的密切关系都省略了，只剩下干巴巴的理论。

本书作者考虑到数学的这些特点，反其道而行之。他首先创造了一个害怕数学的小学生——罗伯特，他常常做梦，梦见一条大鱼张开大嘴要把他吃掉；他又按照西方的习惯制造出一个数字魔鬼。这个魔鬼并不可怕，他红脸膛，留着两撇小胡子，头上长着两个尖角，手里拿着一根散步手杖，把抽象的数学变成了生动可爱的魔鬼老头儿。

有了主人公，作者开始介绍数学了。他不去抽象地讲数学，而是拿身边我们十分熟悉的物品或事情作为例子，通俗、生动地解析数学知识。比如讲分数，他用分口香糖来讲分母的变化对分数值的影响；他用做游戏“蹦蹦跳”来讲幂和乘方；他用从树上向地面扔椰子来讲三角形数字。

作者利用一个学生、一个魔鬼涉足了数学的许多领域：质数、三角形数字、斐波那契数列、排列组合、无理数……让读者感到数学有趣、好玩，数学就在我们身边，一点儿也不可怕。

最后还要提一下本书的插图，插图是由罗特劳特·苏珊娜·贝尔纳所作。插图十分精彩，童话意境很强，为本书增色不少。

请读者勇敢地打开这本书，让数字魔鬼陪你一起玩吧！

（首都师范大学数学科学学院教授，
中国科普作家协会名誉理事　李毓佩）

目　录

第一夜

梦中的数字魔鬼

罗伯特早就不想再做梦了。他自言自语地说："在做梦这个问题上，我为什么偏偏是个大傻瓜呢？"

例如，他在梦中经常被一条巨大的没有味觉的鱼吞下去，要是梦见自己被越吞越深的话，他还会闻到一股非常难闻的气味。有时他还梦见从高高的房顶上滑下来，没完没了地往下滑，越滑越深。他想停住，或者想大喊停住，但无论他怎么想办法，就是停不下来，他只能继续快速地往下滑，越滑越快，直到他出了一身冷汗，才从梦中醒来。

罗伯特有时还会受到其他骗局的捉弄，尤其是他特别想得到什么东西时。有一次他想要一辆至少有二十八挡的比赛用自行车，然后他就梦见了一辆买给他的自行车，而且是一辆漆成紫丁香色的自行车，就放在地下室里。这简直是一个真实得不可置信的梦。自行车就在那儿，就在酒架子的左边，而且他甚至还知道数字锁的密码是：12345。这组密码对他来说似乎跟玩儿似的就记住了！半夜里，罗伯特从梦中醒来，他还在半睡半醒中就从挂板上拿下了钥匙，穿着睡衣，踉踉跄跄地走下了四层楼梯来到地下室——那么，他在酒架子的左边发现了什么呢？一只死去的老鼠。这完全是一个骗局！一个非常卑鄙的骗局。他心想。

随着时间的推移，罗伯特发现了如何对付这种卑鄙骗局的好办法。一旦他再做这种梦时，他就马上想，他还在睡梦中，没有醒。这时，那条令人讨厌的大鱼又来了。“我早已知道它现在该干什么了，它要把我吞下去。但我完全清楚，这只是我梦见的一条鱼，它当然只是在梦中把我吞下去了，实际上根本没有。”或者他想：现在我已经开始又往下滑了，这根本没什么了不起，我绝对不去想让它停下来，反正我不是真的在往下滑。而且一旦那辆神奇的比赛用自行车再次出现，或者那台他一直非常想要的电子游戏机完全清清楚楚地摆在电话机左边，他就马上意识到，这又是一个纯粹的骗局。他根本不再去注意那辆自行车了，就让它在那里待着好了。但无论如何他对这些事情的处理还是很明智的，尽管这些梦全都是假的，不过还是挺让人恼火，因此他对他的梦有点失去好感了。

直到有一天数字魔鬼的出现，才改变了这一切。罗伯特当然很高兴了，他这次梦见的既不是那条饥饿的鱼，也不是从特别高的摇摇晃晃的屋顶上没完没了地滑下来，越滑越深，而是梦见了一片草地。令人发笑的是，这些青草都竖着往上长，长得好高，都没过了罗伯特的脑袋和肩膀了。他四下张望了一番，突然在他的正前方，他发现了一位相当老而且相当小的小老头儿，差不多有一只大蝗虫那么大。他坐在酸模叶上晃来晃去，并且用他那炯炯有神的眼睛看着罗伯特。

罗伯特发现一位相当老而且相当小的小老头儿，差不多有一只大蝗虫那么大。他坐在酸模叶上晃来晃去，并且用他那炯炯有神的眼睛看着罗伯特。

“你是谁啊？”罗伯特问。

那个老人出人意料地向他大吼一声：“我是数字魔鬼！”

但对这样的小矮人搞的这点小把戏，罗伯特压根儿不看在眼里。

“第一，”他说，“世界上根本就没有什么数字魔鬼这一说。”

“真的？那你为什么跟我说话，如果我根本不存在的话？”

“那么，第二，我恨一切与数学有关的东西。”

“那是为什么？”

“如果两个面包师在六个小时内做444个‘8’字形烘饼的话，那么，五个面包师做88个‘8’字形烘饼需要多长时间？”——“真是胡闹，”罗伯特继续骂道，“一个愚蠢的问题，瞎耽误工夫。哼，走开！走开！”

数字魔鬼很灵巧地从他的酸模叶上跳下来，挨着躺在树一样高的草丛中的罗伯特坐了下来，这时的罗伯特已从抗议中平静下来。

“你是从哪里听来的‘8’字形烘饼的故事？大概是从学校里听来的吧。”

“从哪里听来的并不重要，”罗伯特说，“重要的是，博克尔博士，这个门外汉，他教我们班的数学课。他总是饿，尽管他已经很胖了。如果他想吃的话，就趁我们不注意的时候，比如我们在思考我们的数学作业，他就从他的文件包里偷偷拿出一个‘8’字形烘饼，然后把它嚼碎，这个时候我们正忙着计算数学题。”

“那好吧！”数字魔鬼一边说，一边幸灾乐祸地笑着，“我可不愿说你老师的不是，不过这确实跟数学没有任何关系。你知道我要说的是什么吗？就是说，大多数真正的数学家都根本不会计算数学题。对他们来说，把时间浪费在这个地方太可惜了。计算数学题不是有计算器嘛。你没有吗？”

“我有，但在学校里不允许我们用。”

“啊哈！”数字魔鬼说，“没关系。有了一个小小的两位数乘法表，就什么都用不着了。如果计算器的电池用完了的话，这可是很有用的。不过数学，我的天哪！完全是另外一个天地。”

“你明明是想开导我，”罗伯特说，“我不吃你这一套。如果你还想在梦里折腾数学作业问题，我就大声喊。你这是虐待儿童！”

“如果我知道，”数字魔鬼说，“你是这么一个胆小鬼的话，我根本就不应该来。我只想和你聊一聊，仅此而已。也就是说，夜里，我大多数情况下都没事干，于是我想起了一件事：顺便去看看罗伯特吧，他一定对那种总是没完没了地往下滑的感觉感到腻烦了。”

“对。”

“你瞧，是这样吧？”

“但是，我不让我自己作弄自己，”罗伯特喊道，“这你能看得出来吗？”

“看得出来。”这时数字魔鬼往上一跳，突然间变大了，不再那么小了。

“那么，人们是不跟魔鬼交谈的。”罗伯特喊道。

他在草地上到处跺脚，直到草秆上的叶子都落在了地上，他的眼睛闪闪发光。

“对不起。”罗伯特喃喃自语地说。他所有的梦都慢慢地浮现在他的眼前，确实让人感到有点害怕。

“如果人们聊数学就像聊电影或自行车那样简单，那还需要魔鬼吗？”

“那正好需要，亲爱的罗伯特，”老人回答道，“魔鬼向数字施以魔法，可以使数字变得更加简单。你基本上就可以不用计算器了。你只需要从头开始，从1开始：就是1，2，3，4的‘1’。你用‘1’就几乎可以算出所有的数字来。比如你怕大数字，那我们就拿5 723 812来说吧，然后你就这样非常简单地开始：

1+1
1+1+1
1+1+1+1
1+1+1+1+1
…

而且不断地进行下去，直至数到五百万以上的数字为止。你不要单纯地说，这对你来说太麻烦了！不聪明的人都明白这么做太复杂。不是吗？”

“确实是这样。”罗伯特说。

“这当然不是我要说的全部内容。”数字魔鬼继续下去。他现在把一根银色的散步手杖拿在手里，在罗伯特的鼻子前飞快地转了几圈。

“如果你数到五百万以上的数字时，再继续简单地数下去的话，你会发现，这个数已进入无限大。也就是说，将有无限多的数字出现。”

罗伯特不知道，他是否可以相信无限大。

“你是从哪里知道无限大的？”他问，“你试验过吗？”

“不，我没有。第一，这将持续很长很长的时间；第二，这是多余的。”

这话使罗伯特听不明白了。

“照你这么说，即使我数到这个数的后面，发现它不是无穷无尽的，”他反对说，“或者说它是无穷无尽的，反正我都无法继续数下去了。”

“错了。”数字魔鬼吼道。他的两撇小胡子颤抖着，脸憋得通红，脑袋气得膨胀起来，而且越来越大。

“错了？怎么错了？”罗伯特问。

“傻瓜！你认为，至今全世界有多少个口香糖被咀嚼了？”

“我不知道。”

“猜猜看。”

“可能非常多，”罗伯特说，“光我们班的阿尔贝特、贝提娜和查理，整个城市，整个德国，整个美国……大概有十亿吧。”

“至少也有那么多，”数字魔鬼说，“那么，我们开始吧，就算我们数到最后一个口香糖了，然后我要干什么呢？我从口袋里掏出一个新的口香糖，我们现在已经在至今所有被咀嚼的口香糖的总数上加上一个1——在个位上加上1，你明白了吗？我根本不需要去重新数口香糖，我教给你一个非常简单的方法，这个方法可教你如何继续下去。更多的就不需要了。”

罗伯特考虑了一会儿，然后不得不承认，这个男人是对的。

“另外，这个口香糖还是倒过来的。”老人又补充道。

“倒过来的？什么叫倒过来？”

“唉，罗伯特，”老人现在又幸灾乐祸地说道，“前面讲过，数学不仅存在无限大而且也存在无限小的数字。也就是说，有许多无穷尽的小数。”

在说这句话的同时，这个能干的人用他的散步手杖在罗伯特的面前飞快地转了起来，就像直升机的螺旋桨转动似的。

照这样下去，非得把人搞晕了不可，罗伯特心想。这就跟从高处往下滑的感觉差不多，这时他已意识到这是经常感到的那种越来越往下滑的感觉了。

“停！”他喊道。

“为什么你这样神经质，罗伯特？这可没有任何危险。你瞧，我拿出来一个新的口香糖。它就在这儿……”

说着，他从口袋里掏出一个真的口香糖。只不过，这东西跟货架上的木板似的那么大，其颜色看上去好像是紫丁香色的，而且像石头似的那么坚硬。

“这是口香糖吗？”

“一个梦中的口香糖，”数字魔鬼说，“现在我和你一块儿分着吃。注意，直到现在它还是一个整个的。它是我的口香糖。接下来是，一个人一个口香糖。”

他把一段粉笔，看上去好像是紫丁香色的，插在他的散步手杖头上，并继续下去：“人们是这样写的。”

$$\frac{1}{1}$$

他让这两个“1”字直接在天空中闪着光芒，而且这两个“1”字就像广告画上写着广告词的飞机冲向天空。紫丁香色的字体在白云的衬托下飘飘而来，而且渐渐地像刚刚才融化了的悬钩子冰激凌。

罗伯特凝视着天空。

“太神了，”罗伯特说，“这样的散步手杖我也想要。”

“这没有什么特殊的。用这个东西我可以写满所有的地方，云彩、墙壁和荧光屏。我不需要笔记本和文件包。但是，没有口香糖不行！朝口香糖上看，亲爱的。我现在把它一掰两半，我们两个人一人一半。一个口香糖，两个人。口香糖在上面，人在下面：

$$\frac{1}{1+1}$$

现在，当然其他人也想咀嚼口香糖，就是你们班的人。”

“阿尔贝特和贝提娜。”罗伯特说。

“就我来看，阿尔贝特跟你一拨儿，贝提娜跟我一拨儿。我们两拨儿必须分开。每个人得到四分之一的口香糖：

$$\frac{1}{1+1+1+1}$$

这当然还远没有结束。人越来越多，他们都想从中得到一份。首先是你们班的人，然后是你们全校的人，整个城市的人。我们四个人中的每个人必须从他的四分之一中拿出一半分给别人，然后是一半的一半和一半的一半的一半，等等，无穷地分下去。”

“这可是没完没了啊。”罗伯特发表了自己的看法。

“直到口香糖被分得极小极小，人们用肉眼根本看不到它们了。不过，没关系。我们继续分下去，直到全世界六十亿中的每个人都分到一点。另外，又有六千亿只老鼠排着队来了，它们也想分点吃。你已经看出来了，照这个方式分下去，我们永远也分不到头。”

老人用他的手杖在天空中无限长的紫丁香色的横线下面不停地写着“1”字。

“你把整个世界都涂满了。”罗伯特喊道。

“哈！”数字魔鬼大声说道，并且全身开始不停地膨胀起来，“我这样做主要是让你喜欢！你毕竟是一个害怕数学的人，什么事都想尽可能地简单，与此同时，又不想把事情搞糟。”

“但总是这些清一色的‘1’，长此以往，真叫人烦。另外，这么多‘1’，太烦人了。”罗伯特大胆提出了反对意见。

“你瞧见了吗？”老人一边说，一边用一只手随便擦拭着渺无人烟的天空，直到所有的“1”都消失为止，“当然，这些‘1’都是很实用的，让我们想一想还有比1+1+1+1+…更好的东西吗？出于这个原因，我创造了另外一种数字。”

“你？你只是想过创造数字吗？请原谅，但我不会拿走你的数字的。”

“那好吧，”老人说，“我和其他几个人——只是顺便提一提嘛，是谁并不重要。你为什么总是不相信人呢？如果你愿意，我很乐意示范给你看，人们是怎样从清一色的‘1’中变出其他数字的。”

“那么，怎么变呢？”

“非常简单。我做给你看：

$$1 \times 1 = 1$$

下一个是：

$$11 \times 11$$

算这个数，你大概得需要计算器了吧？”

“废话。”罗伯特说。

$$11 \times 11 = 121$$

“你看，”数字魔鬼说，“你已经从清一色的‘1’中搞到了一个‘2’。那么，现在请告诉我，下面这个数等于几。”

$$111 \times 111$$

“这个得数太大了，”罗伯特抗议道，“我在脑子里算不出来。”

“那就把你的计算器拿出来吧。”

“我从哪里拿出来？我怎么能带着计算器到梦里来呢！”

“那你就用梦里的计算器嘛。”数字魔鬼一边说，一边把一个计算器放在了他的手里。不过它摸上去特别的软，就好像生面团做的。它绿得发亮，而且黏糊糊的，但可以用。罗伯特按下计算器的键：

$$111 \times 111$$

那么，结果是多少呢？

$$12321$$

“太棒了，”罗伯特说，“现在我们已经有一个‘3’了。”

“那好吧。那么，现在你可以简单地继续进行下去了。”

罗伯特不停地按下计算器的数字键：

$$1111 \times 1111 = 1234321$$

$$11111 \times 11111 = 123454321$$

“很好！”数字魔鬼在罗伯特的肩膀上轻轻拍了一下，“这里面还有一个完全特殊的窍门儿。想必你已经觉察到了。这就是说，如果你如此这般地继续进行下去的话，你不仅可以从2至9中找到所有的数字，而且你还可以从前到后和从后到前数数儿而得出结果，就像翻过来掉过去读ANNA或OTTO或RETTER这几个单词似的。”

罗伯特继续尝试下去，但当计算到

$$111111 \times 111111$$

时，计算器就憋死了，算不上来了。它发出噗的一声，立刻变成了绿得发光的糊糊，并且慢慢地四下流淌开去。

“嘘，数字魔鬼！”罗伯特喊道，并且用手绢擦去他手指头上绿色的黏糊糊的东西。

“看样子，你需要一个更大的计算器。一个像样的计算器可以很轻松地完成这样的计算任务。”

“你肯定？”

“那当然了。”数字魔鬼说。

“可以永远地计算下去？”罗伯特问，“一直算到没完没了？”

“当然。”

“用下面这两个数相乘，

$$11\ 111\ 111\ 111 \times 11\ 111\ 111\ 111$$

你试验过了吗？”

“不，我没有。”

“我不相信，”罗伯特说，“计算器能算得出来。”

数字魔鬼又开始了。这个作业要在脑子里算。但在这时，他又非常吓人地膨胀起来，先从脑袋开始，然后是全身，直到他看上去像一个通红的气球那样为止。他不是由于生气，就是由于劳累，罗伯特心想。

“停一下，”老人喃喃自语地说，“这将是一个相当可观的数字色拉。该死的！你是对的，计算器算不出来。你是从哪里知道的？”

“我根本什么都不知道，”罗伯特说，“这只是我猜的。我并不那么傻，这点小事情还是可以估计到的。”

“不害臊！在数学里没有猜测这一说，懂吗？在数学里一定要精确！”

“但你曾经断言，这将永远进行下去，直至进入没完没了。这大概不是猜的吧？”

“你要干什么？你以为你是谁？你完全是个生手，什么都不是！而且你想在我面前显摆，你在这方面比我能耐，对吗？”

随着这句话，数字魔鬼变得又大又胖起来。他猛地一下升到了空中。罗伯特慢慢感到害怕了。

“数字小矮人！缩水脑袋！竖起来的老鼠屎！”老人喊道，几乎在他刚说完最后一个字时，他就气得爆炸了，并且伴有巨大的响声。

罗伯特从梦中惊醒。他掉下床来。这梦确实使他有点头晕目眩，但尽管如此，每当他想起他是如何欺骗数字魔鬼的那一幕时，他都禁不住要笑出声来。

第二夜

神奇的0

罗伯特又开始往下滑了。他觉得仍然是老一套：他刚一入睡，下滑就开始了。这个感觉总是跟着他，与以往不同的是，这次是顺着一根攀登杆往下滑的感觉。肯定一眼望不到底，罗伯特想。他紧紧抱住这根攀登杆，并且用两只热乎乎的手辅助着往下滑，往下，往下……当他猛地一下落到软软的苔藓地上时，他听到了咯咯的笑声。在他面前的一朵丝绒般柔软的棕色的蘑菇上坐着数字魔鬼。一个小老头儿，罗伯特回忆起他来了，他正用那双炯炯有神的眼睛看着罗伯特。

“你从哪里来的？”罗伯特问。

数字魔鬼向上指了指。攀登杆一直伸展到很高很高的地方，罗伯特还看见，它的上面有一个斜杠。罗伯特落到了由一些清一色的巨大的“1”字组成的小森林里了。风围着他嗡嗡作响，像蚊子一样的清一色的数字在他鼻子周围乱飞。他试着用两只手把它们赶跑，但这些数字越来越多，而且他觉察到，好像有很多很小很小的2，3，4，5，6，7，8，9从他面前掠过。他还发现了无论怎么说都比较令人讨厌的蛀虫和夜蛾，而且他根本不想让这些该死的东西靠近他。

“它们打搅你了吧？”老人问。他伸出了张开的小手，随着噗

一眼望不到底，他紧紧抱住攀登杆，并用两只热乎乎的手辅助着往下滑，往下，往下。他落到了由一些清一色的巨大的“1”字组成的小森林里了。

的一声响，所有的数字都被他扇跑了。突然间，风不再嗡嗡作响了，只有一个个像“1”字形的一树高的“1”字立在那里了，高耸入云。

“坐下来吧，罗伯特。”数字魔鬼说。这次他出人意料地对人友好起来了。

“坐在哪里？蘑菇上？”

“为什么不呢？”

“这可有点怪模怪样的，”罗伯特不情愿地说，“这里到底是哪里？在儿童读物里面？上一次你坐在酸模叶上，这次你请我坐在蘑菇上。这情景我好像在哪儿见过，好像以前在什么地方读过。”

“这可能是《爱丽丝漫游奇境》中的蘑菇吧。”数字魔鬼说。

“这是一个与数字有关的童话故事，数字魔鬼怎么也知道?!”罗伯特喃喃自语。

“如果人们梦见的话，是因为人们知道这个事，亲爱的，你也许会认为，这么多蚊子是我想出来的。我不会，因为我不在这张床上躺着、睡觉和做梦。我是清醒的！好吧，怎么样？你打算永远在这里闲站着吗？”

罗伯特觉得老人是对的，他爬上离老人最近的一朵蘑菇上。这朵蘑菇又大又软，像安乐椅那么舒服。

“你感觉这里怎么样？”

“很好，”罗伯特说，“我只是想问问，这里的一切是谁想出来的，这些数字蚊子，这些我顺着爬下来的‘1’字形的攀登杆。这些我做梦都未曾想过，这都是你想出来的吧？”

“好啦，”数字魔鬼一边说一边得意扬扬地在蘑菇上伸了个懒腰，“不过，还缺点什么！”

“缺什么？”

“0。”

对了，在众多的蚊子和蛀虫中，就是没有独一无二的0。

“为什么没有0？”罗伯特问。

“因为0是人们创造的最后一个数字。这还不算稀奇的，更稀奇的是，0是所有数字中最奇妙的一个数字。你看！”

他又开始了。他用散步手杖在天空中写了什么，在那里面，在一树高的“1”字空隙里出现了：

MCM

“你是什么时候出生的，罗伯特？”

“我？1986年。”罗伯特有点不情愿地说。

于是，老人写下：

MCMLXXXVI

“我认识它们，”罗伯特喊道，“它们是过时的数字，人们有时在墓地里可以看到它们。”

“它们是古罗马数字①，属于古罗马人。这些可怜的人实在不简单。他们的数字很难让人看懂，那我们就开始吧。但这一个你也许能认识吧？”

I

① 古罗马数字：I =1，II = 2，III = 3，IV = 4，V = 5，VI = 6，X = 10，L = 50，C = 100，D = 500，M = 1000。古罗马数字因为没有0，在数字表达时只能通过加加减减完成，具体做法是由大数减小数，或者由大数加小数，被加的数放在右边，被减的数放在左边。比如1986年，用古罗马数字表达就是MCMLXXXVI，意思是：M指1000年，M–C指900年，L+XXX指80年，V+I指6年，读作一千九百八十六年。——译者注

“1。”罗伯特说。

“那么？”

X

“X是10。”

“很好。你，亲爱的罗伯特，你是

MCMLXXVI

年出生的。”

“我的天哪，这太烦琐了。”罗伯特抱怨道。

“刚才这个数字那么长，你知道为什么吗？因为古罗马数字没有0。”

“我不懂。你最根本的意思是想说你的0。0简单地说，就是没有。”

“这就是人们赋予0的神奇之处。”老人说。

“但说来说去，‘没有’就是一个数字？‘没有’就是什么都数不出来。”

“大概是吧。不过，要真正走进0的世界，可并不那么简单。尽管如此，我们还是来试一试吧。你还记得我们是怎样把一个大口香糖分给那几十亿人和人们根本不愿谈及的老鼠的吗？被分的份额越来越小，小到我们用肉眼都无法看见它们，甚至在显微镜下都看不见，现在我们还可以按照这个方法继续分下去，然而那个‘没有’，就是0，我们永远也不会碰到它。几乎是这样，但也不完全是。”

“因此？”罗伯特说。

“因此，我们必须另寻其他方法。也许我们可以用减法来试一试。用减法比较容易一些。”老人拿出了他的散步手杖，在森林里的一个巨大的“1”字上轻轻点了一下，它就开始缩小，一直缩到大小很合适的时候，站在了罗伯特的身旁。

“那么，算一下。”

“我不会算。”罗伯特说。

“废话。1减1等于多少？”

$$1-1=$$

“1减1等于0，”罗伯特说，“现在懂了。”

“你看，没有0行吗？”

“但人们一定要写上0的目的是什么呢？如果什么都不剩下的话，人们也什么都不需要写上去了。这个特殊的数字是专门为根本‘没有’而创造的吧？”

“那你再算一算，1减2等于多少？”

$$1-2=$$

“1减2等于–1。”

“对了。因此，没有0的数列（轴）的样子是：

$$\ldots 4, 3, 2, 1, -1, -2, -3, -4 \ldots$$

4和3之间的差是1，3和2之间的差还是1，而1和–1之间的差是多少呢？”

“2。”罗伯特肯定地说。

“这么说，你一定是把1和–1之间的数字给漏掉了。”

“啊，讨厌的0！”罗伯特喊道。

“我不是跟你说过嘛，少了0不行。可怜的罗马人也承认，他们没有0可以使用。他们甚至无法简单地写出1986，对于这个简单的数字他们必须使用他们的M，C，X和V等来回纠缠（加、减）才能表达出来。”

“不过，这与我们的口香糖和负数有什么关系呢？”罗伯特烦躁地问。

“暂时忘掉口香糖，忘掉负数。0的真正意义是完全另外一个样子的。为此你要用你的小脑袋瓜儿，亲爱的。你是要一问到底呢，还是累了想歇会儿呢？”

“不，”罗伯特说，“我不累，我很高兴，我不再往下滑了。坐在这里的蘑菇上，我感到非常舒服。”

“很好。下面我想让你做一个小作业。”

这个能干的人为什么突然对我这样客气起来了呢？罗伯特想。他是不是在蒙我什么呢？

“加把劲儿。”他说。

于是，数字魔鬼问9加1等于多少。

$$9 + 1 =$$

“如果没有特殊情况的话，”罗伯特像连珠炮似的回答说，“等于10。”

“那么，你怎么写呢？”

“我没带圆珠笔。”

“没关系，就写在天空中，用我的散步手杖。”

$$9 + 1 = 10$$

罗伯特用紫丁香色的云体字写在了天空中。

“为什么？”数字魔鬼问，“为什么写上1和0？1加上0不等于10啊？”

“胡说，”罗伯特吼道，“这上面写的不是1加0，上面写的是1和0，1和0就是10。”

“那么，为什么，如果允许我问的话，为什么是10？”

“因为人们都这样认为。”

“那么，人们为什么这样写？能告诉我吗？”

“为什么，为什么，为什么……你神经啦。”罗伯特不耐烦地说。

“你不想知道吗？”数字魔鬼一边问，一边美滋滋地往后靠了靠。

在一段长时间的沉默后，终于还是罗伯特忍不住了。

“快点说吧！”罗伯特央求道。

“很简单。这与蹦蹦跳有关。”

“与蹦蹦跳有关？”罗伯特轻视地说，“蹦蹦跳到底表示什么？蹦蹦跳数字是从什么时候出现的？”

“它叫蹦蹦跳，是因为我叫它蹦蹦跳。你别忘了，谁在这里讲话。我可不能白叫数字魔鬼，你记住这一点。”

“已经记住了，”罗伯特平静地说，“那么，该说了吧，你说说蹦蹦跳是什么意思。”

“非常乐意。最好我们还是从1开始。具体说，就是使用两数乘法表：

$$1 \times 1 = 1$$

$$1 \times 1 \times 1 = 1$$

$$1 \times 1 \times 1 \times 1 = 1$$

这你一定会做，只要你愿意，乘出来的结果始终是1。”

“明白，除此以外还有什么可干的呢？”

“有，现在就有，请你用同样的方法乘以2。”

“那好。”罗伯特说，“不过，糟糕，这样下去很快就会高上去的！

$$2 \times 2 = 4$$
$$2 \times 2 \times 2 = 8$$
$$2 \times 2 \times 2 \times 2 = 16$$
$$2 \times 2 \times 2 \times 2 \times 2 = 32$$
$$\cdots$$

如果我再往下进行的话，马上我就会又要用计算器了。”

“不要紧。如果你用5乘的话，高上去的速度更快。”

$$5 \times 5 = 25$$
$$5 \times 5 \times 5 = 125$$
$$5 \times 5 \times 5 \times 5 = 625$$
$$5 \times 5 \times 5 \times 5 \times 5 = 3125$$
$$5 \times 5 \times 5 \times 5 \times 5 \times 5 = 15625$$

“停。”罗伯特喊道。

“你为什么总是在大数字出现的时候马上激动起来？绝大多数大数字都是根本无害的。”

“因为我不能完全肯定它们的得数是对的，”罗伯特说，“另外，我总觉得这很麻烦，总是同样的5跟5，一个接一个地自己跟自己较劲。”

“你说得对。对此，我这个数字魔鬼也不愿意一个接一个地写同一个数，这也使我感到非常厌烦，但我可以把它写成：

$$5^1 = 5$$
$$5^2 = 25$$
$$5^3 = 125$$

依此可以继续写下去。第一个5上面有个1，第二个5上面有个2，第三个5上面有个3。换句话说，我叫它5的蹦蹦跳（也就是乘方）。你明白了吗？如果你用同样的方法进行10的连乘时，也非常容易。这就像在面包上涂黄油，根本用不着计算器。如果你想让10也来次蹦蹦跳（也就是10的一次方），那它就像下面这个样子：

$$10^1 = 10$$

你让它来两个蹦蹦跳（10的二次方），那就是：

$$10^2 = 100$$

你让它来三次蹦蹦跳（10的三次方），那就是如下的结果。”

$$10^3 = 1000$$

“我让它来五次蹦蹦跳，”罗伯特喊道，“那就是100 000。再来一次，我就到1 000 000了。”

“直至无穷大，”数字魔鬼说，“这样来得非常容易！这当然还要念0给我们带来的好处。你马上就会知道，一个X数的任意值是什么，也就是按它所处的位置而定，越靠前，它的值就越大，越靠后，它的值就越小。如果拿555来说，最后的那个5就是5，就是5本身的值，多了没有；倒数第二个5已经是5的十倍了，也就是50；最前面的那个5是5的一百倍了，也就是500，就其本身的价值而言与最后一个5一样。那是为什么？因为它是从后往前滑过去的。相反，古罗马的5在过去只是5本身的值，因为古罗马人不会蹦蹦跳。而且他们不会蹦蹦跳的另一个原因是，古罗马数字没有0。因此，他们只能用弯弯曲曲的数字来回加减，来表达像你的出生年MCMLXXXVI那样的数字。高兴吧，罗伯特！因为你比他们优越多了。你借助0和1来点蹦蹦跳，就可以自己制造任意一个普通的数字了，可随便大，也可随便小，比如786。”

“我不要786。”

“上帝啊，你不想更傻吧！下面就要谈到你的出生年1986了。”

老人已经又开始威胁性地膨胀起来了，就连那朵蘑菇，他坐在上面的那朵蘑菇，也开始膨胀起来了。

“别这样，”罗伯特喊道，“我写就是了！”

现在他又来了，罗伯特想。一旦他激动起来，那就能干得叫人受不了，比博克尔博士还糟糕。他小心翼翼地在天空中写了一个巨大的“1”字。

“错了！”数字魔鬼大声吼道，“完全错了！我为什么偏偏遇上像你这么一个白痴！你要制造数字，你这大笨蛋，你不能潦潦草草地写。”

罗伯特真的乖乖地醒悟过来了吗？“我一定要忍受下去吗？”他想，并看见数字魔鬼的脑袋变得越来越红，越来越大。

“从后面写。”老人喊道。罗伯特不解地看着他。

“你必须从后面开始，不能从前面。”

“如果你认为……”

罗伯特不想与他争论。他擦去了“1”字，写上了“6”字。

“那好吧。总算开窍了。下面我们就可以继续进行下去了。”

“从我的角度看，”罗伯特生气地说，“诚实地说，如果你不在鸡毛蒜皮的小事上发火，我还是非常喜欢你的。”

“非常抱歉，”老人说，“但我不是有意的。数字魔鬼毕竟不是圣诞老人。”

“你对我写的6还满意吧？”

老人点点头，并在下面写道：

$$6 \times 1 = 6$$

“得数还是6。”罗伯特说。

“你早已看出来了。现在来看8。但是别忘了蹦蹦跳！”

罗伯特突然明白了老人的意思，并在下面写道：

$$8 \times 10 = 80$$

“现在我知道下面该怎么进行了，”在数字魔鬼想说点什么之前罗伯特喊道，“在乘9的时候，就得用10的两次蹦蹦跳。”于是他写下了：

$$9 \times 100 = 900$$

和

$$1 \times 1000 = 1000$$

“这是乘1时的10的三次蹦蹦跳。它们合在一块儿就是：

$$6+80+900+1000=1986$$

这样做确实不那么难。我可以不需要数字魔鬼了。”

“是吗？你不觉得你高兴得有点忘乎所以了吗，亲爱的罗伯特？到现在，你不过接触到全部常用数字的一点点皮毛罢了。纯属一派胡言！你等着，直到我把压碎了的数字从帽子里全部变出来为止。在变出来的数字中，还有许多许多你没见过的。另外，还有有理数和无理数，其中还有许多没完没了的数，你甚至什么都不知道！数字，它们在一个圆圈里不停地转；数字，它们根本就没有停止的那一天！”

当数字魔鬼说这些话的时候，他的脸变得越来越宽。现在罗伯特甚至可以看到他嘴里的牙齿了，有许多许多的牙，数也数不清。然后，老人又开始了，他用他的散步手杖在罗伯特的眼前来回旋转起来……

“救命啊！”罗伯特大喊道，并且从梦中醒了过来。还没等他完全醒透，他就跟他母亲说：“你知道吗，我是哪年出生的？是6×1和8×10和9×100和1×1000。”

“我不知道这孩子最近一段时间是怎么搞的。”罗伯特的母亲说。她摇了摇头，递给他一杯可可。

“它能帮你恢复健康！你简直是在说胡话。”

罗伯特喝完可可，就没再说什么。梦中的一切，他想，无法向他母亲讲清楚。

当数字魔鬼说这些话的时候，他的脸变得越来越宽。现在罗伯特甚至可以看到他嘴里的牙齿了，有许多许多的牙……

第三夜
可爱的质数

这对罗伯特来说无所谓，数字魔鬼只是在梦中偶尔造访他。相对而言！虽然老人聪明过人，但他爱发脾气却特别不让人喜欢。问题是，人们无法知道，他什么时候膨胀，变红的脑袋什么时候大喊大叫。但这总比被一条又湿又滑的大鱼吞下，或者深深地掉进一个黑洞里好，要好得多。

另外，罗伯特已做好准备，一旦数字魔鬼再次出现时，他就向数字魔鬼显示，他也不笨，以此也来好好地教训教训这个能干的人。罗伯特在入睡之前这样想。他搞了一个什么0来难为我，鬼知道。本来，他本身比0也大不了多少。一个赤裸裸的梦魇！我只要醒着，他就没有办法。

但是，为了向他显示自己不笨，罗伯特还是第一次想梦见数字魔鬼。为了梦见他，罗伯特这才去睡觉。罗伯特觉得，向数字魔鬼显示自己不笨并不那么简单。他醒着躺在床上，反复思考着这个问题。以前，他还从来没有碰到过这样的事。

“你为什么不停地反复思考这个问题呢？”数字魔鬼问。

罗伯特发现，他的床在一个地洞里放着。面前坐着那位老人，摇晃着他的散步手杖。

“起立，罗伯特，”他说，“今天我们讲除法的除数！”

“一定得这样吗？”罗伯特问，“另外，你能否等一会儿，等我睡着了再讲。再说，我反正不喜欢除数。”

“为什么不喜欢？”

“你看，加、减或者乘，最后都能得出一个整数。只有除法不行，它经常得出余数，我讨厌它。”

“这仅仅是问题的一个方面，但要看什么时候。”

“什么‘什么时候’？”罗伯特问。

“什么时候得出余数，什么时候不，”数字魔鬼解释道，“也就是说，这是关键问题。有的数字从表面可以看出来，它能够除尽，不至于有余数。”

“明白，”罗伯特说，“偶数经常是刚好除尽，如果它们被2除的话，绝没问题！而且，3的两位数乘数也非常容易除尽，比如：

$$9 \div 3$$
$$15 \div 3$$

等等。这特别像乘法，只要把它颠倒过来即可，如：

$$3 \times 5 = 15$$

倒过来

$$15 \div 3 = 5$$

这样的话，我不要数字魔鬼了，我自己也完全可以。”

罗伯特最好不要这样说。老人一下子把他从床上提了起来。他的两撇小胡子颤抖着，鼻子开始发红，脑袋看上去在膨胀。

“你一无所知，”他吼道，“你仅仅因为学会了两位数乘法，就骄傲了，你知道什么！”

现在已经又开始了，罗伯特想。他先把我从床上提起来，如果我对除以某个数不感兴趣的话，他就生气。

“出于纯粹的好心肠，我才来拜访你这个初学者，是为了教会你点东西，否则我连口都不张一张，因为你太狂妄了。”

“你把吓唬我称作好心肠？”罗伯特问。

那我最好还是逃跑算了，罗伯特想，但人们怎么才能从梦中走出来呢？他在洞中四下张望了一番，然而他没能找到任何一个出口。

“你想到哪里去？”

“出去。”

“如果你现在溜掉的话，”数字魔鬼威胁说，“你永远别想再见到我！然后，就我来看，你就会在你的博克尔博士那里感到无聊得要死，而且还得让你吃‘8’字形烘饼，直到吃坏你为止。”

罗伯特想了想：大丈夫能屈能伸嘛。

“请原谅，”他说，“我没这个意思。”

“那很好。”

转眼间，老人好像刚要爆发的怒气又平息下来了。

“19，”他嘟囔着说，“你试一试19。试着用平分的办法除它，但是有一点，不许有余数。”

罗伯特想了想。

“只有一个办法，”他坚定地说，“我用19平分的办法除它。”

“这个数不行。”数字魔鬼回答说。

“或者我用0除它。”

“这绝对不行！”

“为什么不行？”

“因为这是被禁止的。用0除是绝对不允许的。”

“那如果我一定要这样做呢？”

“整个数学就会崩溃！”

现在他又开始了，数字魔鬼又开始激动起来了。不过，幸亏他克制住了情绪，并且说道：“你想一想，如果你用0除19的话，将会得出什么结果？”

“我不知道。可能是100，或者是0，也许是它们中间的任何一个数吧。”

“前面你已经说过，在3的倍数整除问题上，比如：

$$3 \times 5 = 15$$

人们只需要把它颠倒过来，那么必须是：

$$15 \div 3 = 5$$

现在，你来试一下19和0！”

“19除以0，要我说，等于19。”

“那么，颠倒过来呢？”

“19乘以0……19乘以0……等于0。”

“你瞧见了吗？完全一样，你拿到的得数始终是0，而不是19。那么，其结果必然是什么呢？就是不允许你用0除任何数，因为你这样做完全是无聊行为。”

“那好吧。”罗伯特说，“我以后不做就是了。但你让我用19干什么呢？没关系，那我用什么除呢，用2，用3，用4，5，6，7，8——但总是有余数。”

“过来些，”老人冲着罗伯特说，“我现在向你泄露点秘密。”罗伯特向他探过身去，离得特别近，老人的两撇小胡子扎得他的耳朵

罗伯特情愿逃走。但人们怎么才能从梦中走出来呢？他在洞中四下张望了一番，然而他没能找到任何一个出口。

直发痒。

数字魔鬼叽叽咕咕地告诉他一个秘密："你必须记住，有那么一些极其一般的数字，它们可以除，但也有另外一些数字，它们不可以除。这些数字我喜欢。你知道为什么吗？因为它们都是顶呱呱数（也就是质数）。对于它们，数学家们几千年来费尽了心思。它们都是些神奇的数字，这些数字还有11，13，或者17。"

罗伯特感到很惊奇，因为数字魔鬼看上去完全陶醉了，看他的样子，就好像在细细品味可口的美食。

"那么，现在请告诉我，亲爱的罗伯特，什么是第一个顶呱呱数？"

"0，"罗伯特说，"因为它让我们生过气。"

"0是不允许的。"老人吼道，然后又开始用他的散步手杖来回挥舞起来。

“那就是1。”

“1不算，我还要跟你说多少次！”

“那好，”罗伯特说，“请不要激动。那就是2，还有3，我相信至少有它们两个。4不行，我们已经试验过了。5肯定，5不可除。那好吧，还有很多，等等，等等。”

“哈，‘等等’在这里是什么意思？”

老人又恢复了平静。他搓了搓手。这个动作是一个肯定的信号，他已充分准备好要讲一个完全特殊的窍门儿了。

“等等对于顶呱呱数来说可是个大美人，”他说，“一开始就没人知道它和顶呱呱数以前怎么样，后来又怎么样了，当然除了我，但我不告诉任何人。”

“连我也不告诉？”

“谁都不行！永不！玩笑当然归玩笑：人们不把它看作一个数字，不管它是顶呱呱数，还是不是。没人能够事先知道。人们必须试验。”

“那怎么个试验法？”

“我们马上就会看到了。”

他开始了，他用他的散步手杖在地洞的墙壁上胡乱写了一通，从2到50所有的数字。当他写完时，罗伯特看到的就是下面这个样子：

“好，亲爱的，现在你拿着我的散步手杖。如果你找到不是顶呱呱的数字，你只需要用手杖点它一下，它自然就消失了。”

“那儿缺少1，”罗伯特抱怨说，“还有0。”

“我还要跟你说多少次才行！这两个数就像其他几个数一样，不是数。它们既不是顶呱呱数，也不是非顶呱呱数。你想不起来了，在这个梦开始时开始梦见的那些？不是说所有的其他数字都是由1和0构成的吗？”

“你的意思是，”罗伯特说，“是让我首先擦掉可以被2整除的偶数，小菜一碟。”

“除了2以外，”老人警告他，“它是顶呱呱数，不要忘了。”

罗伯特拿起散步手杖，开始点数字。转眼间，数字墙就成了下面这个样子了：

“那么，现在我该做3的作业了。3是顶呱呱数。所有在3的乘法表里得出的数，比如6，9，12等，都不是顶呱呱数，因为它们能被3整除。”

罗伯特擦去3的数列，于是剩下了下面这些数：

	2	3		5		7			
11		13				17		19	
		23		25				29	
31				35		37			
41		43				47		49	

“然后是4的数列。啊，不！那些能被4整除的数，我们不需要管了，它们已经被擦掉了，因为4是2×2，所以不是顶呱呱数。但是，5是顶呱呱数。10当然不是，它也已经不存在了，因为它是2×5。”

“接下来，把所有剩下的能被5整除的数找出来，用同样的方法把它们擦掉！”老人说。

“明白。”

	2	3		5		7			
11		13				17		19	
		23						29	
31						37			
41		43				47		49	

罗伯特的兴致来了。

“6我们不能忘了，”他喊道，“它是2×3。但是7，它是顶呱呱数。”

“好极了！”数字魔鬼喊道。

“还有11。”

“那么，剩下的还有哪些数呢？”

是啊，亲爱的读者们，你完全可以自己把它们找出来。拿起你的粗彩笔继续涂吧，直至只剩下顶呱呱数为止。先偷偷告诉你，这些数正好是十五个，多一个不行，少一个也不行。

“干得好，罗伯特。”

数字魔鬼点燃了他的小烟斗，独自咯咯地笑了起来。

“究竟是什么地方使你发笑呀？”罗伯特问。

“好好想想，50以后的顶呱呱数还有哪些？”数字魔鬼说。他活动一下，让自己盘腿坐得更舒服些，脸上带着幸灾乐祸的微笑。

“想一想，比如下面的这个数字：

10 000 019

或者：

141 421 356 237 307

那么，它们是不是顶呱呱数？要是你知道有多少优秀的数学家为了研究这个问题而伤透了脑筋该多好啊！对这个问题，就是最伟大的数字魔鬼也要碰壁的。”

“可是，刚才你不是说，你知道如何将顶呱呱数继续下去的吗？你该不是怕把它泄露出来吧？”

“那时我也许有点夸口吧。”

“那好，你总算承认了这一点，”罗伯特说，“有时看你讲话，感觉你好像不是数字魔鬼，倒像数字皇帝。”

“朴实无华的人要用巨大的计算机进行试验。他们用计算机要算一个多月，结果仍然是急得发火儿。你必须清楚，我教给你的这个窍门儿，首先是将2数列消去，然后是3数列，再往后是5数列，然后继续进行下去，马上你就会知道这个窍门儿原来是众所周知的。不错，如果遇到大数，你将连续不断地持续下去。在持续的过程中，我想出了各种各样的有效的办法，但更有意思的是，不管这些方法怎样，一旦遇到顶呱呱数，我们就总是停下来不做了。这就是数字魔鬼向它们施的魔法，数字魔鬼给人们带来欢乐，你不觉得吗？”

数字魔鬼在说话的过程中，满足地摇动着他的散步手杖。

“是的，为此伤透脑筋究竟有什么好处？”罗伯特问。

“你不要问如此愚蠢的问题！这恰恰是一个非常引人入胜的问题，在数字王国里不存在有腐朽气息的东西，就像在你的博克尔博士那里没有腐朽的东西一样，他研究的是‘8’字形烘饼问题！你应该高兴，我把这些秘密全部泄露给你了。比如接下来我们要做的是：你想任何一个大于1的数，随便哪一个都行，然后你把它加倍。”

“222，”罗伯特说，“那就是444。”

“在每个这样的数和由它加倍了的数中间总是有顶呱呱数，至少总是有一个顶呱呱数。”

“你肯定？”

“307，”老人说，“它可是在非常巨大的数中起作用。”

“你是从哪里知道的？”

“哦，下面还有许多好玩的呢。”老人一边说一边伸了个懒腰。

他不再想关闭自己的话匣子了。

“想出任何一个偶数，完全随便，任何一个都行，它必须大于2，然后我告诉你，它是由两个顶呱呱数构成的和。”

“48。”罗伯特喊道。

“31加17。”老人不假思索地说。

“34。”罗伯特喊道。

“29加5。”老人回答道。在说话的时候，他始终嘴不离烟斗。

“怎么总是正确？”罗伯特感到很惊奇，“这是怎么回事呀？为什么会这样呀？”

“说实在的，”老人抬了抬带有皱纹的前额，看着他刚才吹在空气中的小烟圈说，“我本人也非常想知道。几乎我认识的所有数字魔鬼都试图想找到结果。在计算中常常有除不尽的时候，但没人知道为什么。没人能够证实，就是这样。”

这太岂有此理了！罗伯特想，他忍不住笑了出来。

“我感到确实顶呱呱了。”他说。

让数字魔鬼满意的是，他终于讲出了这件事。他总是这样，每当他不知道下一步该怎么办时，他就显出比较生气的样子，但这次不同，他反复抽着他的小烟斗，满脸笑容。

“你根本不蠢，就像你的外表一样，亲爱的罗伯特。很遗憾，我现在必须要走了。我今天夜里还要拜访一位数学家。这使我很快活。”

这个能干的人感到有点难受。于是他开始不断地变瘦了。不，不是真正的变瘦，而是不断地苍白起来，然后整个地洞什么都没有了。只有小烟圈还在那里飘浮着。留在墙上的细小而潦草的数字在罗伯特的眼前飘来飘去。他感到地洞和他的被窝一样温暖。罗伯特试着回忆那些不可思议的顶呱呱数，但他的思绪逐渐变得模糊起来，好像隔着雪白的棉絮看山川那样。

他很少睡得这样香甜。

那么，你呢？如果你还没有打瞌睡的话，我向你泄露最后一个窍门儿。这个窍门儿不仅涉及偶数，而且还涉及非偶数。请你找到任何一个数，这个数必须大于5。比如：55或27。

你还可以用顶呱呱数相加来得到它，不仅可以用两个数，而且也可以用三个数。我们拿55做例子吧：

$$55 = 5 + 19 + 31$$

试着用27做一次。你将看到，里面总有一个是顶呱呱数，即使这样，我也不能告诉你，这是为什么。

第四夜
小数点的作用

看你能把我拖到哪里去！一次是在没有出口的地洞里，另一次是在长满“1”字的森林里，而且里面还长着像安乐椅那么大的蘑菇，那么，今天呢？今天我究竟在什么地方呢？

“在海边。你看。”

罗伯特向四面望去。

到处都是白色的沙子。在一个翻过来的小船后面是波涛汹涌的大海，小船上坐着数字魔鬼。一个差不多被遗弃的地方！

“你又忘了带计算器吧？”

“听着，”罗伯特说，“我要跟你说多少遍才行？如果我睡觉的话，我是不能把我的全部破烂都拖来的。你大概在晚上睡觉之前不会知道你将梦见什么吧？”

“当然不会，”老人回答道，“不过，你如果梦见我的话，就可以梦见一个与你的计算器完全一样的计算器。但不！我可以把所有的东西都再变到这里来。我是谁！另外，也就是说，需要补充的是，我的计算器就是太软、太绿、太黏。”

“总比没有好。”罗伯特说。

数字魔鬼举起他的散步手杖，突然间，在罗伯特的眼前就出现了一个新的计算器。这一个不像原来的那个冷冰冰的，不过特别大，活像一件厚绒毛皮做的家具，有一个床或一张长沙发那么长。边上有一个小木板，上面有许多毛皮做的按键，在显示器上，人们可以读出闪闪发光的数字，整个靠背装满了这种特别的器械。

“好啦，按下1除以3。”老人命令道。

$$1 \div 3$$

罗伯特一边说一边按下按键。在一个无限长的小窗口里出现了淡绿色的答案：

$$0.3333333333333333333$$

“它永远也停不下来吗？”罗伯特问。

“不，”数字魔鬼说，“它停下来的时候，也就是计算器停下来的时候。”

“那么，然后呢？”

“然后将继续下去。你无法读出来。”

“而且是不停地出来同样的数字，一个3接着一个3。这可是永远也不会停止的啊，该死的！”

“你说对了。”

“啧啧，”罗伯特喃喃自语地说，“我太傻了！我简单地写三分之一多好啊。这样：

$$\frac{1}{3}$$

然后我不就清净了吗？”

“这也没关系，”老人说，“接下来你要进行分数运算。分数运算，我相信你没问题。如果33个面包师中的$\frac{1}{3}$人在$2\frac{1}{2}$小时内做89个‘8’字形烘饼的话，问$5\frac{3}{4}$个面包师在$1\frac{1}{2}$小时内做了多少个‘8’字形烘饼？”

“天哪，不！这对我来说太枯燥了。如果它们永远停不下来的话，最好还是用计算器算，用小数算。我只想知道，这许多的3是从什么地方来的而已。”

“是这样的：小数点后面的第一个3是十分之三。接下来的第二个3是百分之三，第三个3是千分之三，然后依次类推，最后，你可以把它们加起来。

0.3

0.03

0.003

0.0003

0.00003

…

明白吗？明白了？接下来试一下，全部用3去乘，第一个3，也就是十分之三，然后是百分之三，等等。”

“没问题，”罗伯特说，“这我在脑子里就能算出来：

$$0.3\times 3=0.9$$

$$0.03\times 3=0.09$$

$$0.003\times 3=0.009$$

$$0.0003\times 3=0.0009$$

就这样吧，然后可以继续下去。”

“好。下面，如果你再把所有的9加起来，看看会发生什么情况？”

“等一下！0.9加0.09等于0.99；0.99加0.009等于0.999。总是9。这看起来又得永远地进行下去了。”

“那当然。只不过，如果你理解对头的话就不会出现不对头！如果你把三个三分之一合起来算，就会出现1，是不是？因为一个三分之一乘以3等于一个整数。这是无法改变的事。不是吗？”

“我不知道，”罗伯特说，“总是在什么地方还缺一点。0.999几乎是1了，但还不够。”

“就是这样。所以，你继续做下去出现的必然永远是9，而且永远不许你停下来。”

“真是笑死人了！”

“这对数字魔鬼来说没问题！”

老人幸灾乐祸地笑着，高高举起他的散步手杖，在空中挥舞起来，转眼间，整个天空都充满了很长很长的“9”字构成的长蛇，而且还总是不停地向高处延伸。

“停，”罗伯特喊道，“这样下去总有一个会掉下来的。”

“在我让它们离开之前，你必须承认，这条0后面的‘9’字长蛇中的‘9’与‘1’一样多，当然，前提是它不断地继续下去。”

在他说话的这会儿工夫，这条“9”字长蛇就已不停地在长了。它慢慢地遮盖了整个天空。尽管罗伯特被搞得完全晕头转向了，但它还是不想停下来。

“不，绝不，”他说，“这对我来说完全无所谓，只是你想把你的蛇搞到什么时候为止，就我来看，总是缺少点儿什么。对了，也就是最后一个‘9’字。”

“没有最后一个‘9’字。”数字魔鬼喊道。如果老人轻度发火

数字魔鬼高高举起他的散步手杖，在空中挥舞起来，转眼间，整个天空都充满了很长很长的“9”字构成的长蛇……

儿的话，罗伯特不再被吓一跳了。

他知道：每当这个情况出现时，就会涉及一个有趣的问题，也就是一个不好回答的问题。

但一眼望不到头的长蛇威胁性地围着罗伯特的鼻子扭来扭去，而且同时也紧紧地盘绕着数字魔鬼，以至于几乎看不见他人在哪里了。

“那好吧，”罗伯特说，“我服了，要是你让我们摆脱这条数字长蛇就好了。”

“马上就好。”

老人吃力地举起他的已经完全被“9”字团团围起来的散步手杖，小声嘟囔了几句含糊不清的话，被缠绕的长蛇笼罩着的天空马上又恢复了原来的样子。

“嗯！”罗伯特说，“是否只有3和9会这样呢？或者其他数字也能制造出这么多可恶的蛇？”

“无穷无尽的蛇就像海边的沙子一样多，亲爱的。猜猜看，仅0和1之间就会有多少数字出现！”

罗伯特飞快地思索了片刻，然后说：“无限多。惊人的多。就像‘1’和没完没了的数字一样多。”

“不赖，很好，”数字魔鬼说，“但你对这种情况还能做出论证吗？”

“完全可以。”

“但我却很紧张。”

“我简单地写一个0和一个小数点，”罗伯特说，“小数点的后面写一个‘1’，也就是0.1。然后写一个‘2’，然后再写一个‘3’，等等。如果我继续写下去的话，然后会出现没完没了的数字，它们当然都在小数点的后面。”

“所有没完没了的数字。”

“当然。所有没完没了的数字。就是从‘1’到‘没有’之间的每一个数，它的前面都有一个0和一个小数点，所有这些数字，它们都小于1。”

“好极了，罗伯特，我真为你骄傲。”

他对罗伯特的表现显然很满意。但他因为不想放弃这个大好机会，马上又产生了一个新的主意。

“你的小数点后面的某些数字还真有点特殊的意义。让我告诉你，怎么样？”

“请！只要你不把整片沙滩都塞满那些令人讨厌的数字长蛇就行。”

“不会的。光你的大计算器就够了。你只需要将数字输入计算器就行了：7除以11。”

罗伯特不再让他说两遍了。

$$7 \div 11 = 0.636363636363636\cdots$$

“这究竟出什么事了，”罗伯特喊道，“总是63，而且是一个63接着一个63。这大概又要永远循环下去了吧？”

“当然啦，但这还算不了什么。试一下6除以7！”

罗伯特键入：

$$6 \div 7 = 0.857142857142857\cdots$$

“隔几个数就总是出现同样的数字，”罗伯特说，“857142，然后又是从头开始。这个数又转上圈儿了！”

“啊，这完全是幻想力的产物——数字的魅力。其实，你知道吗，世界上根本就没有平凡的数字。它们中间的每一个都有它们自己的故事，自己的秘密。人们是永远不会完全看透它们的诡计的。

例如，在0和小数点后面的‘9’字长蛇是永远没有尽头的，而且它像简单的‘1’一样多。此外，还有许多其他的数字，它们还在继续执拗地自我表演着，其后面的小数已完全失常。

“这就是无理性的数。这也就是说，它们不按游戏规则玩。如果你还有兴趣和一点时间的话，我可以告诉你，它们是怎样干的。”

总是这样，每当数字魔鬼特别令人怀疑地和气的时候，他一定准备好了可怕的新东西。到这个时候，罗伯特已经知道他的这个脾气了。但他仍然对数字魔鬼的述说非常好奇。

“那很好。”他说。

“你回想一下，蹦蹦跳是怎么回事？我们是怎样让10和2蹦蹦跳的？10乘10乘10等于1000，用蹦蹦跳的办法很快就表达出来了：

$$10^3 = 1000$$

下面用同样的方法进行2的蹦蹦跳。”

“没问题。如果我让2蹦蹦跳，那就是：

$$2, 4, 8, 16, 32$$

等等，像往常那样，你的游戏又要进入没完没了啦。”

“那好，”老人说，“2的4次蹦蹦跳？”

“16，”罗伯特说，“我说的对吗？”

“毋庸置疑。现在我们还是做另一个蹦蹦跳，只不过是把它翻过来。也就是说，我们倒着蹦蹦跳。我说16，你往回蹦蹦跳一个。”

“4！”

“那么，我要是说4呢？”

“2，”罗伯特说，“这很明显。”

“然后你还必须要记住，这个窍门儿叫什么。人们不叫它‘往回蹦蹦跳’，人们叫它‘拔萝卜’（也就是开方）。就好像你从地下拔起它的根茎似的。

“那就是说：100里面拔一个萝卜是10，10 000里面拔一个萝卜是100。那么25里面拔一个萝卜是多少呢？”

“25，”罗伯特说，“是5乘5。那么，25里面拔一个萝卜是5。”

“如果这样进行下去的话，罗伯特，你总有一天会成为我的魔术学徒。4里面拔一个萝卜呢？”

“4里面拔一个萝卜是2。”

“5929里面拔一个萝卜是多少？”

“你纯粹是胡说八道，”罗伯特叫道，“现在你是怎么回事，你失去自制力了。我怎么能算出这么大的数？你不是亲自说过，计算是白痴干的事吗？这个题在学校里已经折磨过我们了，对此，我不需要再梦见它了。”

“安静些，”数字魔鬼说，“对于这样的小问题我们不是有我们的计算器嘛。”

“用计算器当然好，”罗伯特说，“可这家伙像一张沙发那么大。”

“不管怎样，它有一个键盘，上面有一个：

$$\sqrt{\quad}$$

你仔细看看，它是什么东西。”

“拔萝卜？”罗伯特说。

“正确，那么，试一下。”

$$\sqrt{5929}=$$

罗伯特试了一下，很快在沙发靠背上出现了答案：

77

“好极了。但现在就来吧！请按下$\sqrt{2}$，它一定会让你吃惊的！”

罗伯特键入完毕并读道：

1.4 142 1356237309504880 1688724·

“太可怕了，”他说，“这实际上已毫无意义了。这简直就是最地道的数字色拉了。我看不透这是怎么回事。”

“没人能够看透，亲爱的罗伯特。这就是拔萝卜。2里面的这个萝卜恰恰就是无理性的数（也就是我们常说的无理数）。”

“那么，我怎么才能知道它在最后的三个数的后面是怎样继续下去的呢？因为它们将永远进行下去，这我已经预料到了。”

“很好。但很遗憾，对此我不能继续帮助你了。如果你一定死去活来地算下去的话，就要一直算到你的计算器不干了为止，你就能把最后的三个数拔出来了。”

“你搞错了，”罗伯特说，“你完全疯了。我是说下面这个怪物看上去特别傻，要是人们换一个写法怎样？”

$$\sqrt{2}$$

“的确是这样。你可以用散步手杖在沙滩上非常舒服地把$\sqrt{2}$画出来。”

他用散步手杖在沙滩上沙沙作响地画出了几个图形。

“你看：

那么，现在你数一数小格子。发现了什么没有？”

“当然。这是清一色的蹦蹦跳数字。”

$$1\times 1 = 1^2 = 1$$
$$2\times 2 = 2^2 = 4$$
$$3\times 3 = 3^2 = 9$$
$$4\times 4 = 4^2 = 16$$

“对，”数字魔鬼说，“而且你一定也看出来了，它们是怎样各司其职的，你只需要数一数正方形的每一条边上有多少个小格子，你就已经知道蹦蹦跳的数字了。换句话说，如果你知道整个正方形里有多少个小格子，比如我们说36吧，那你就从这个数里拔萝卜，然后你又知道小格子的数了，它们就显示在正方形的一条边上。”

$$\sqrt{1} = 1, \sqrt{4} = 2, \sqrt{9} = 3, \sqrt{16} = 4$$

“OK.”罗伯特说，“但无理性的数是用来干什么的呢？”

“嗯，正方形，知道吗，它可不是那么好惹的，你永远不要怀疑这一点！它看上去虽然很乖，但非常阴险。你看了下面这个例子

就知道它的厉害了。”

他在沙滩上画了一个非常一般的空白的正方形。然后从口袋里掏出一把红色的尺子放在它的对角线上。

“那么，如果现在每一条边都有一个长度的话……”

“什么叫一个长度？1厘米或1米，或别的什么？”

“这完全随你的便，”数字魔鬼不耐烦地说，“你可以随便起一个名字即可。按照我的看法，我把它们一个叫克文，一个叫克王，只要你愿意，现在我要问你的是：这里面的红色的尺子有多长？”

“我怎么能知道它有多长？”

“从2里面拔一个萝卜。”老人得意扬扬地说，并幸灾乐祸地笑着。

“究竟怎么拔呢？”罗伯特又一次受到突然袭击。

“不要生气，”数字魔鬼说，“我们一起来做吧！我们简单地把一个正方形斜放在上面的那个正方形上。”

他又掏出另外五把红色的尺子，把它们放在沙滩上。现在看这个图形变成了右边这个样子。

“那么现在猜一猜，这个正方形有多大，斜着放的那个。”

“没法猜。”

“准确地说，两个正方形重叠部分的大小一样。你只需要把小正方形的下半部分移到大正方形的四个角的任何一个角上，然后你看，答案不就有了吗？”

它看上去好像我们小时候经常玩的游戏，罗伯特想。人们把一张纸折起来，在里面涂上黑色和红色两种颜色。这叫天堂和地狱，谁翻开黑色并和红色发生战争，谁就进地狱。

“那么你承认大正方形重叠部分的大小与小正方形是一样的了吧？”

“我承认。”罗伯特说。

“好。假如小正方形有一克王那么大，那么我们就确定下来了，我可以把它写成1^2，那么大正方形有多大呢？”

“有两倍大。”罗伯特说。

“也就是说两个克王大，”数字魔鬼说，“那么，大正方形的每条边有多长呢？对此你可以倒着蹦蹦跳！也就是拔萝卜！”

“对对对。”罗伯特说。这使他恍然大悟。

“拔萝卜，”他说，“从2里面拔萝卜！”

“现在我们又完全可以折腾折腾无理性的数1.414213…了。”

“请不要再说下去了，”罗伯特马上说，“否则我又被弄糊涂了。”

“这不太难，”数字魔鬼安慰他说，“你不需要去计算数字呀。你可以简单地把它们画在沙滩上，这样就够了。你千万不要相信这些无理性的数很少出现。正相反，它们像海滩上的沙子一样多。其实，它们甚至比别的数还常见呢。”

“我想起来了，一般的数有无限多，这你强调过。然而你又在不停地强调！”

“这确实是真的，我以我的荣誉担保！但正如我已讲过的那样，无理性的数也有很多，比较多。”

“比什么多？比无限多还多？”

“完全正确。”

“现在你说的太过头了，”罗伯特非常坚定地说，“这我可不能让你骗了。比无限多还多的数是没有的。简直是胡说八道。”

“让我向你证实一下吗？”数字魔鬼问，“要我把它们变出来吗？让所有无理性的数一下子就涌出来吗？”

“可别这样做！‘9’字长蛇就已经够人烦的了。再说，即使全都出来也还远远没到证实那一步。”

“天哪！没错！现在你帮了我一把。”数字魔鬼这一次看上去没有动怒。他皱起眉头，飞快地思考着。

“尽管如此，”他终于说道，“这个题的证实我大概还是想起来了。我可以试一试，如果你同意的话。”

“不，谢谢！对我来说，今天我学得够多的了，我很累了，我想好好睡一觉，否则明天在学校里又得有麻烦了。我觉得，如果你无所谓的话，我想休息片刻。这个家伙看来一定非常舒服。”

于是，他躺在厚绒毛皮做的沙发大小的计算器上睡着了。

“就我来看，”老人说，“你已经入睡了。人们在睡梦中总是学得最好。”

这次，数字魔鬼踮起脚走了，因为他不想吵醒罗伯特。

“对我来说，今天我学得够多的了，”罗伯特说，“我很累了。”于是，他躺在厚绒毛皮做的沙发大小的计算器上睡着了。

他这个人大概根本就没那么坏，罗伯特还在想。其实他甚至还蛮可爱的。

就这样，他不受干扰也不做梦，一觉睡到第二天上午。他完全忘了今天是星期六，星期六是不上课的。

第五夜

三角形数字

昨夜所梦到的一切都突然过去了。像往常一样，夜晚罗伯特上床睡觉，照样做梦。但他梦见的不再是沙发大小的计算器和蹦蹦跳数字，而是梦见自己跌跌撞撞地走进深深的黑洞，或者是梦见废物间装满了破旧的箱子，超过真人大小的蚂蚁从箱子里爬出来。房门打不开，他无法出去，蚂蚁从他的腿上开始往上爬。还有一次他想越过流淌的河，但河上恰巧没有桥，他不得不从一块石头跳到另一块石头上过河。正当他满怀希望地到达对岸的时候，却又站在了河中央的一块石头上，而且既不能向前也不能向后。这都是清一色的梦魇，四周看不见数字魔鬼的影子。

“不做梦的时候，我却又在脑海里不停地搜寻着，我整天都在想些什么？”罗伯特绞尽脑汁地思索着。

“你知道吗？”一天晚上罗伯特跟他母亲说，“我做出了一项决定，总而言之，从今天开始，我不再做梦了。”

“这就好，我的孩子，”她说，“每一次都是这样，如果你睡不好的话，第二天上学的时候思想就不能集中，然后你拿回家给我的一定是坏分数。”

这当然不是因为罗伯特的梦造成的。但他仍然说晚安，因为他知道，人们不能把所有的事情都告诉他的妈妈的。

然而，他刚一入睡，梦就开始了。他在一片广袤的沙漠里走着，那里没有树荫，也没有水喝，他只穿了一件泳裤。他走啊走啊，他渴了，他出汗了，他的双脚已磨出了水疱。这时他终于看见远处有一片树林。

这可能是海市蜃楼，他想，或许也可能是一片绿洲。

他继续磕磕绊绊地往前走，一直走到第一棵椰子树的下面。突然他听到一个非常熟悉的声音："你好，罗伯特！"

他朝上看去。不错！椰子树的中央坐着数字魔鬼，他摇晃着树叶跟罗伯特打招呼。

"我快渴死了。"罗伯特说道。

"上来。"老人说。

罗伯特用最后的一点力气向他的朋友爬去，他摘了一个椰子，抽出随身携带的小折刀，在椰子壳上钻了一个洞。

椰子汁太美味了。

"好长时间没见了，"罗伯特说，"这些日子你到哪里去了？"

"这你都看见了，我在度假。"

"那么，我们今天干什么？"

"我想，你已经被你的沙漠漫游搞得筋疲力尽了吧？"

"还不太糟糕，"罗伯特说，"我已经歇过来了，你什么意思，你不想干了吗？"

"我没有不想干的时候。"老人反驳道。

"数字，始终是数字。"

"否则还能有什么？想要点儿刺激的，绝对没有，拿去吧！"

他把一个椰子壳放到罗伯特的手里。

"扔下去！"

"往哪儿？"

"随便扔下去。"

他继续磕磕绊绊地往前走，一直走到第一棵椰子树的下面。突然他听到一个非常熟悉的声音："你好，罗伯特！"椰子树的中央坐着数字魔鬼，他摇晃着树叶跟罗伯特打招呼。

罗伯特把椰子壳扔到了沙地上。从上面看它特别小，像一个圆点。

“再扔一个。然后再扔一个，然后再扔一个。”数字魔鬼命令道。

“那么，干什么用呢？”

“你看哪！”

罗伯特又摘了三个新鲜的椰子，也把它们扔在了地上。下面就是他在沙地上看到的几个椰子的样子：

“继续扔！”老人说。

罗伯特扔啊，扔啊，扔。

“现在你看到了什么？”

“清一色的三角形。”罗伯特说。

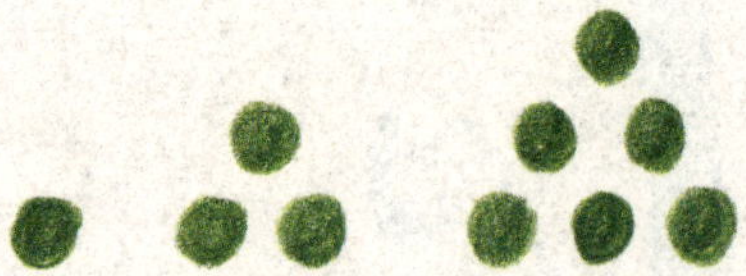

“要我帮你吗？”数字魔鬼问。

于是他继续摘下来扔下去，摘下来扔下去，直到下面完全看上去是一个个三角形为止，也就是下面这个样子：

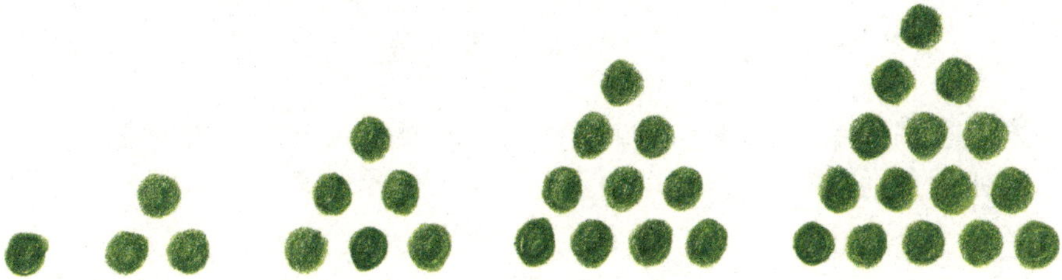

“真好玩，这些椰子都井然有序地落在了下面，”罗伯特惊讶不已，“我扔的时候根本就没有瞄准，这么好的排列我是根本扔不出来的。”

“对，”老人微笑着说，“这么准确的瞄准，人们只能在梦中完成，在数学里完成。在日常生活中不能办到的事，在数学里就能办得到。另外，要是没有椰子也行，我们完全可以用网球、纽扣或杏仁牛奶巧克力球往下扔。但现在数一下，上面的三角形里有几个椰子。”

“第一个根本不是三角形，是一个圆点。”

“仍然是三角形，”数字魔鬼说，“它因为是空的，在不断地缩小，直至缩得很小，人们只能看到一个圆点了。不是吗？”

“好吧，我们先把它看作由一个椰子构成的三角形，”罗伯特说，“第二个三角形由三个椰子构成，第三个由六个椰子构成，第四个由十个椰子构成，那么第五个，我不知道了，我得数数才知道。”

“你不需要数，也就是说，你可以动动脑子。”

“我不会。”罗伯特说。

“你一定会，”数字魔鬼说，“也就是，第一个三角形，它根本不是一个正规的三角形，它由一个椰子构成。第二个由两个以上的椰子构成，其中的两个在一个的下面，也就是：

$$1+2=3$$

第三个正好由三个以上的椰子构成，新增的三个排在最下面一排，也就是：

$$3+3=6$$

第四个又多了一排，它是由四个以上的椰子构成，也就是：

$$6+4=10$$

那么第五个由几个构成呢？”

罗伯特一直思想很集中，他说：

$$10+5=15$$

“我们不需要再往下扔椰子了，”他说，“我知道下面该怎么做了。下一个较大的三角形应该是21。”

“太好啦。”数字魔鬼说，“然后我们可以爬下去啦，到下面坐下来舒服舒服。”往下爬非常容易，当他们到达地面时，罗伯特简直不相信他的眼睛了。下面放好了两把蓝白条相间的折叠椅，一眼喷泉发出噼噼啪啪四下泼溅的水声，巨大的私人游泳池旁边有两张桌子，上面放好了两瓶冰镇橙汁。

这不稀奇，老人早已选好了这片绿洲，罗伯特心想。人们在这里可以度过一个梦中的假期。

当他们俩各自喝完自己的橙汁之后，老人说：“好吧，椰子的故事我们可以忘掉了。接下来的是椰子构成的数字，这些数字具有完全特殊的品质。人们叫它三角形数字，它们有很多很多，比你想象的还多。”

“我已经料到了，”罗伯特说，“什么数字在你那里都是没完没了的。”

“啊，你都知道了。”老人说，“过一会儿我们进行第一组数。等一下，我先把它们给你写出来。”

他从折叠椅上站起身来，把散步手杖拿在手中，走到游泳池的边缘弯下身去，开始在水上写起来：

1 3 6 10 15 21 28 36 45 55 . . .

他确实不怕任何东西，罗伯特心想。不管是天空，还是沙滩，所有的地方老人都能写满他的数字。即使是在水面上对他的散步手杖来说也不在话下。

“你肯定不知道，人们用这种三角形数字可以做很多事情，”数字魔鬼悄悄地跟他说，“举一个例子：请思考一下它们之间的差别！”

“谁和谁之间的差别？”罗伯特问。

“两个三角形数字之间的差别，两个紧挨着的。”

罗伯特凝视着在水面上游泳的数字，思考起来。

1 3 6 10 15 21 28 36 45 55 . . .

“3－1＝2。6－3＝3。10－6＝4。照此下去，这组数字减出的结果刚好是从2到10，一个挨着一个。太神了！这可能又要永远地进行下去了。”

“完全正确，”数字魔鬼在折叠椅上满意地向后靠了靠身体说，“但并不像你想象的那样，这就是它的全部！现在告诉我一个任意数，我来向你证明，我可以最多用三个三角形数字合起来把它算出来。”

“好！”罗伯特说，“51。”

“这个容易，我甚至只需要两个就够了。51等于15加36。”

$$51 = 15 + 36$$

“83！”

“好的！83等于10加28加45。”

$$83 = 10 + 28 + 45$$

“12！”

“太容易了！12 等于1加1再加10。

$$12 = 1 + 1 + 10$$

你看，这可以永远进行下去，现在我们再谈点新东西，那可真是棒极了。亲爱的罗伯特，请把两个紧挨着的三角形数字加起来，顿时你会感到吃惊的。”

罗伯特仔细地看着游泳的数字：

1 3 6 10 15 21 28 36 45 55 . . .

他始终把其中的两个加起来算：

$$1+3=4$$
$$3+6=9$$
$$6+10=16$$
$$10+15=25$$

“这不是清一色的蹦蹦跳数字吗？2^2，3^2，4^2，5^2…”

“不赖，不是吗？”老人说，“你可以这样继续做下去，随便多久都行。”

“我不想坐在这里了，”罗伯特说，“我想最好去游一游泳。”

“如果你愿意听的话，另外还有一个循环数字要告诉你。”

“但我现在非常热嘛！”罗伯特喃喃自语地说。

“也好，算我刚才没说。我现在可以走了。”数字魔鬼说。

现在他又生气了，罗伯特想。如果我让他走了，我可能又要梦见不知什么样子的红蚂蚁。因此他说：“不，待在这里挺好。”

“你好奇吗？”

“我当然好奇。”

“接下来请注意。如果你把从1到12的数加在一起的话，会出现什么情况呢？”

“嗯，”罗伯特说，“这是一个枯燥无味的作业！这个作业看上去根本不像你布置的，倒好像是博克尔博士布置的。”

“别担心。用三角形数字来做，跟玩儿似的那样容易。你简单地从下面这些数里把第十二个数找出来，然后你就有了所有从1到12加在一起的数了。”

罗伯特向水面看去，并开始数起来：

1 3 6 10 15 21 28 36 45 55 66 78 . . .

“78。”他说。

“对。”

“但怎么办呢？”

数字魔鬼把他的散步手杖拿在手中，在水面上写道：

1	2	3	4	5	6
12	11	10	9	8	7

“你只需要把1到12的数字相互连起来写，第一排六个数从左往右写，第二排六个数从右往左写，然后你看，是什么结果，为什么？

现在画一条线在下 面：

然后加起来：

1	2	3	4	5	6
12	11	10	9	8	7
13	13	13	13	13	13

算出来了吗？”

“六个13。”罗伯特说。

“算这些数但愿你不用计算器。”

“六个13，”罗伯特说，“等于78。”

“第十二个三角形数字，完全正确！现在你看出来了？在这方面，三角形数字都这么好。此外，四角形的也不赖。”

“我想，我们该游泳了。”

“游泳我们可以最后游。现在先说说四角形数字。”

罗伯特望眼欲穿地看着游泳池，在池里，三角形数字按照顺序来回游着，就像小鸭子跟在鸭妈妈后面游泳那样。

“如果你继续做下去的话，”他威胁说，“我这就醒来，而且所有的数字都没有了。”

“但游泳池也没有了，”老人说，“另外你也清楚地知道，人们是不能够轻易地停止做梦的，尽管人们什么时候都想。再说，谁是这里的主人？是你还是我？”

现在他又开始激动起来了，罗伯特想。大概他马上又要开始吼起来了。这当然只是在梦里。可我也想吼，但吼不出来，在梦里一次也没有过。他知道，数字魔鬼现在又想起新的东西来了。

老人从冰柜里拿出一对方形小冰块，放在了桌子上。

“这个倒还算不错，”他安慰罗伯特说，“准确地说，与刚才的椰子没有什么不一样，只是现在出现的不是三角形，而是四角形。”

“好的，”罗伯特说，“你一点也不需要跟我讲。这里发生的事情连瞎子也看得出来。这是简单容易的清一色的蹦蹦跳数字。我只要数一下，四角形的任意一条边有多少个小方块，然后我让这个数字蹦蹦跳就可以了：

$$1 \times 1 = 1^2 = 1$$
$$2 \times 2 = 2^2 = 4$$
$$3 \times 3 = 3^2 = 9$$
$$4 \times 4 = 4^2 = 16$$
$$5 \times 5 = 5^2 = 25$$

好吧，然后就这样继续下去，像以前讲的那样。”

“太好啦！”数字魔鬼说，“太妙啦！你是第一流的魔术学徒，亲爱的，看来，我可以放了你啦。”

“但我还是想游泳。”罗伯特嘟囔道。

如果你不特别热的话，你还可以继续玩一下方形冰块，当然要在它们还没有融化之前。你们只需要在四角形里画几条线就行，就这样：

然后在下面分别写上：1，3 5，7，9。你看，你们在四角形里画出的每一个角落里都放上冰块。如果你们把从1到9的数字加起来，得到的结果是什么？一个数字，是你们前面见过的非常熟悉的数！

“你现在大概还想解开比如像五角形数字之谜吧？或者六角形？”

“不，谢谢，确实不想了。”罗伯特说。

他站起来，一头扎进了水里。

“等一下，”数字魔鬼说，“整个游泳池里全都是数字。等一会儿，我把它们捞上来。”

但罗伯特已经游上了，数字在波浪中围着他上下晃动，清一色的三角形数字也围着他，他仍然向前游去，一直游到他几乎听不见老人在后面的呼喊声了。他越游越远。其实这是一个无边无际的大游泳池，就像没完没了的数字，同样使人感到惊奇。

第六夜

斐波那契数列

“你大概觉得我这个人独一无二。”当数字魔鬼再次出现时说道。这次他坐在一望无际的宽宽的马铃薯田地中间的一个折叠马扎上。

“什么是独一无二？”罗伯特问。

“独一无二的数字魔鬼，但不能这样说。我只不过是他们中间的一个，在那里，在我来的地方，即数字天堂，那里的数字魔鬼成群结队，很可惜，我不是最伟大的。真正的老板们围坐在他们的房间里思考。不时有人笑着说了些什么，与下面这个句子很像：‘Rn 等于hn 除 n 阶乘，乘以 f 括号n，a加括号θ。’然后大家都心领神会地点头示意，再一起笑起来。有时我一点都不明白，他们说的到底是什么意思。”

“原来你是一个可怜的，但有点有自我意识的数字魔鬼。”罗伯特攻击他说，“要不要我现在给你点同情呢？”

“你想哪里去了，你知道他们为什么晚上把我派到各处去走走吗？因为上面的老板们这个时候有重要的事情要做，派我去寻找像你这样的学徒，亲爱的罗伯特。”

“那总算我运气好，至少梦见了你。”

“请你不要误解我，”罗伯特的朋友说，“上面的两个老板确实相处得不赖，在这期间他们几乎成了老朋友了。其中的一个我特别喜欢，他叫斐波那契（现实中的意大利数学家莱奥纳尔多·斐波那契），他时而给我讲他发现的东西。他是意大利人，不幸的是他早已死了，对一个数字魔鬼来说他无法发生作用了。这个令人喜爱的家伙，这个老斐波那契，他还是第一个理解0的人。他虽然不是发明0的人，但他因此想起了斐波那契数字（即斐波那契数列）。成就辉煌！如同大多数好主意有好的开端一样，他开始发明‘1’——这你已经知道了，准确地说是两个‘1’：1+1=2。

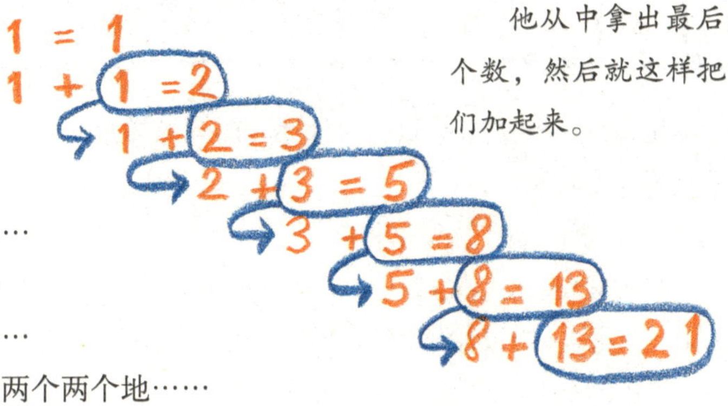

他从中拿出最后两个数，然后就这样把它们加起来。

就这样……

然后……

再往后……

接着还是两个两个地……

并以此类推下去。”

“直到没完没了？”

“那当然。”

现在，数字魔鬼开始背诵斐波那契数字了，是的，他坐在小马扎上沉醉在一种吟唱的曲调中，那就是最纯的斐波那契歌：

“1，1，2，3，5，8，13，21，34，55，89，144，233，377…”

罗伯特塞住耳朵不听了。

“我还是停下来吧，”老人说，“我写给你看，大概效果会更好些，这样方便你记住它们。”

“往哪儿写呢？”

“你想往哪儿写。大概要写在卷纸上吧。”

他最终还是拧开了他的散步手杖，抽出一条薄薄的卷纸。他把它抛在了地上，然后推了它一下，真是不可思议，不知他的散步手杖里到底藏了多少纸，无尽头的卷纸不停地向远处展开，然后沿着天地的垄沟不停地往远处跑，往远处跑，直至消失在远方的尽头。当然卷纸上写满了斐波那契数列：

1.	2.	3.	4.	5.	6.	7.	8.	9.	10.	11.	12.	13.
1	1	2	3	5	8	13	21	34	55	89	144	23

从此开始，数字离他们越来越远，而且越来越小，以至于罗伯特不能再读出它们了。

“那么，怎么办？”罗伯特问。

“如果你把前五个数相互加起来，然后再加上‘1’的话，得出的是第七个数，如果你把前六个数相互加起来，然后再加上‘1’的话，得出的是第八个数。接下去以此类推。”

“啊哈，”罗伯特说，“这些数字看上去并不特别令人鼓舞呀。”

“但它还有一个作用，如果你跳过一个斐波那契数字的话，第一个‘1’总是在里面，”数字魔鬼说，“请看下面：

$$1+1 = 2$$
$$+\ 3$$
$$+\ 8$$
$$+21$$

现在你跳过去一个……

现在你再跳过一个……

现在你仍然跳过去一个……

你把这四个数加起来，看得多少？”

“34。”罗伯特说。

“那么下一个斐波那契数字位于21之后。如果这对你太吃力的话，也可以用蹦蹦跳。你就拿斐波那契数列的第四个数为例，并让它蹦蹦跳。第四个数是3，那么3^2是多少？”

“9。”罗伯特说。

“然后，你拿一个斐波那契数字，也就是第五个，你再让它蹦蹦跳。”

“$5^2=25$。”罗伯特毫不犹豫地说。

“好，现在你把这两个数加起来。”

$$9+25=34$$

“又是一个斐波那契数字。”罗伯特大声说。

“那是因为$4+5=9$，第九个。”老人说着，并且搓了搓手。

“我听懂了。这一切都是那样完美，但是否能告诉我一下，这些美好的数字都能干什么用。”

“哦，”数字魔鬼说，“你不要以为，数学仅仅是属于数学家的。就是自然界没有数字也不行，甚至树木和贝壳都会算账。”

“胡说八道，”罗伯特说，“你这不是用谎言捉弄我吗?！”

“熊也会算账，我认为，所有的动物都会。至少它们的表现是这样，就好像它们认识斐波那契数字似的。它们很可能领悟到了，数字是怎样产生作用的。”

“这我不相信。”

“就说兔子吧。我们喜欢拿兔子说话，它们比贝壳活泼。在这里，在马铃薯地里就有兔子！”

“我怎么一只也没看见。”罗伯特说。

“这里就有两只。”

说着，已经有两只很小的小白兔蹦蹦跳跳地来到了他们的面前，并且坐在了罗伯特的脚上。

“我相信，”老人说，“它们两个之间一只是公的，一只是母的。我们已经有了一对了。就像你知道的那样，一切都是从‘1’开始的。”

“它们也要来骗我，它们会算账？”罗伯特冲着兔子们说，“走远点！我一个字也不相信。”

“哎哟，罗伯特，你知道多少有关兔子的事情？”两只兔子异口同声地说，“你大概是一无所知！你大概需要受受教育，我们可是雪兔！”

“雪兔？”罗伯特本打算向它们表示一下他对此并不那么一无所知，就用坚定的口气说，“雪兔只有在冬天才有。”

“大错特错。我们正相反，只要我们年轻，我们什么时候都是白色的。到我们长大成人，需要一个月的时间。然后我们的皮毛才变成褐色，那时我们想要孩子了。直到我们的一个女孩和一个男孩出生，还需要一个月的时间。这你都知道吗？”

“你们只想要两个孩子吗？”罗伯特问，“我常想，兔子可以有许多孩子。”

“当然，我们可以有许多孩子，”兔子们说，“但可不是一次。每个月两个，足够了。然后，我们的孩子也会完全一样地有它们自己的孩子。你马上就能看到。”

“我几乎不能相信，我们可以长时间留在这里，当你们准备就绪后，我早已醒了呀。我明天早上还要上学呢！”

“不成问题，”数字魔鬼插嘴说，“在这里，在马铃薯田地里，时间过得非常快，比你想象的还要快。一个月只需要五分钟，对此，你一定要相信，我给你带来了一个兔子钟，请不要客气！”

话音刚落，他就抽出来一只珍贵的大怀表。它有两个兔子耳朵，但只有一个指针。

“另外，它的计时方式不是小时，而是月。每当一个月过去的时候，闹钟就响一次。如果我按一下上面的按钮，它就开始跑起来。我可以开始了吗？”

“可以了。”兔子们说。

“好。”

数字魔鬼按下按钮，钟表嘀嗒嘀嗒响起来，指针开始动起来。当它走到“1”时，闹钟响了一下。一个月过去了，兔子们长大了许多，它们的皮毛已经变色了——不再是白色，而是褐色的了。

当指针停在“2”时，两个月过去了，母兔生了两只很小的小白兔。

现在，地上有两对兔子，一对年轻的，一对年老的。但它们还远远没有满足。它们还想要更多的孩子。

于是，当指针到达“3”时，闹钟又响了一下，老母兔又生了两只小白兔。

罗伯特数了一下成对的兔子。现在有三对：那就是第一对(褐色)，它们头胎生的孩子在这期间也长大了(变成了褐色)，最年轻的一对仍然是白色的。

接下来，指针慢慢地爬到了“4”，情况发生了下列变化：老母兔又生了一对小白兔，它的第一胎孩子也生了孩子，它的第二胎孩子也同样没闲着，那么现在已经是五对兔子了，它们在田地里蹦蹦跳跳地乱跑，也就是一对父母，三对孩子，一对孙子。三对是褐色的，两对是白色的。

“要是我处在你的地位的话，”数字魔鬼说，“我根本不去搞清

它们之间的关系是什么。你所要做的事情是如果你能把它们数清了，就足够了！”

当钟表指针到达“5”时，罗伯特还能很好地跟得上。现在地上是八对兔子。当闹钟第六次响起时，已出来十三对兔子了——难以置信的兔头攒动着，罗伯特想，这什么时候算个完呢？

但当闹钟第七次响起时，罗伯特甚至还能对付得了：正好是二十一对。

“你发现了什么没有，罗伯特？”数字魔鬼问。

“当然。”罗伯特回答说，“这是清一色的斐波那契数字。”

1, 1, 2, 3, 5, 8, 13, 21...

但当他说话的这会儿工夫，又有一群小白兔出生了，它们在许多来回蹦着跳着的褐色和白色的兔子中间东奔西跑地玩耍。这时，他已无法看到所有的兔子了，也无法数清楚了。兔子钟顽强地继续跑下去，眼看着指针又要开始它的第二圈了。

“救命啊！”罗伯特喊道，“这样下去，可没有结束的时候了，数千只兔子！太可怕了！”

“你都看到了，事情将如何发展，我给你带来了一个兔子繁衍的表格。通过这个表，你能够看出来，在0到7点之间发生的事情。”

“7点早就过去了，”罗伯特说，“现在至少有数千只兔子了。”

“准确地说是4180只，很快，也就是说，再过五分钟将产生6765只兔子。”

“你打算让它们继续下去，直到整个田地都被兔子覆盖吗？”罗伯特问。

“哦，这用不了多长时间。”老人不动声色地说，“两个指针一同转上几圈就够了。”

“请别这样！”罗伯特央求道，“这是一个梦魇！你知道，我并不是与兔子过不去，我甚至喜欢它们，但我已经受够了。请你让它们停下来吧。”

“好的，罗伯特，但有一点，如果你承认兔子们的行为完全好像是熟练掌握了斐波那契数字就行。”

“好，我承认，随你的意。但你快一点，否则它们要爬到我们头上来了。”

数字魔鬼按了两下兔子钟上面的按钮，然后它们开始马上往回跑。每当闹钟响一次，兔子就少一些，于是，几圈之后，指针又停

兔子钟顽强地继续跑下去。“救命啊!”罗伯特喊道,“这样下去,可没有结束的时候了。数千只兔子——这可不是开玩笑的,这是一个梦魇!”

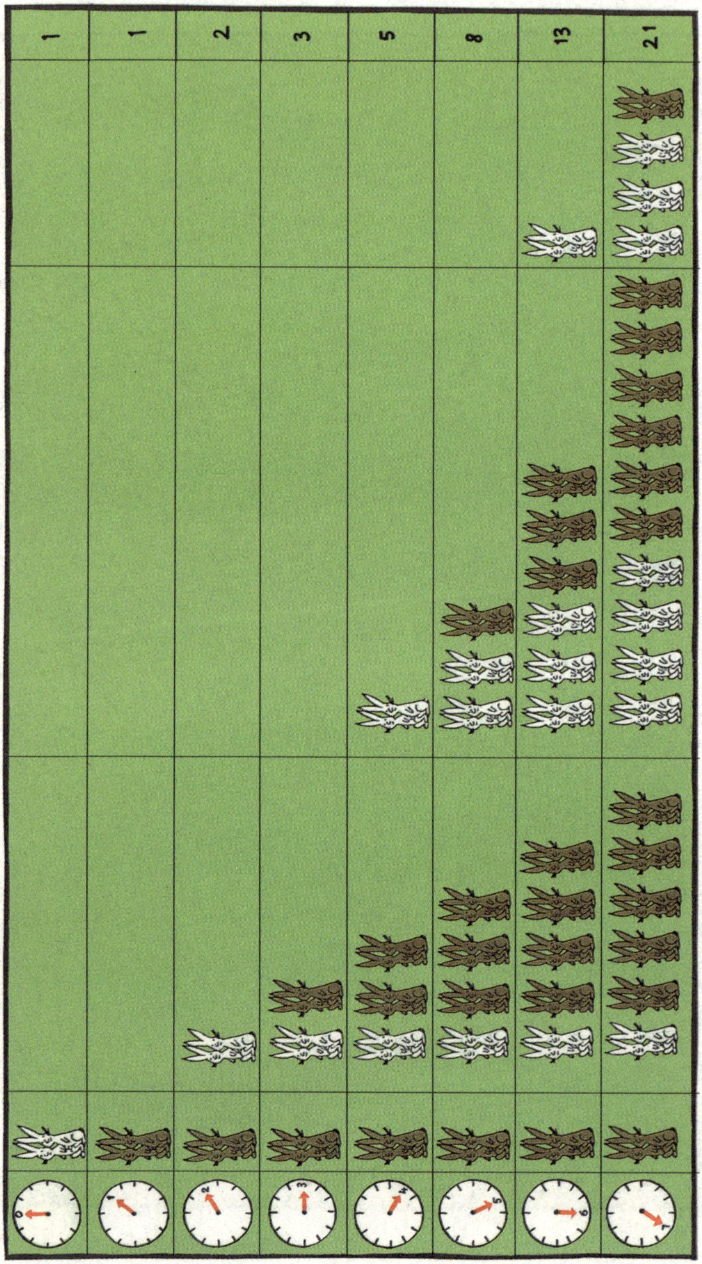

不停出生的兔子揭示了斐波那契数字的奥秘。

在了0上。这时只剩下两只兔子站在空空的马铃薯地里了。

“它们两个怎么办，”老人问，“你想把它们留下吗？”

“最好不，否则它们又要从头开始了。”

“是的，事情就是这样与自然有关。”老人说着，乐滋滋地在他的小折叠马扎上摇头晃脑起来。

“事情就是这样与斐波那契数列有关，”罗伯特回敬道，“你的数字虽然全都是一样最终进入没完没了。我不知道，我是否喜欢它们。”

“就像你所看见的那样，它可以准确地倒回来。我们又重新回到我们开始的地方了，那就是‘1’。”

照此看来，他们看上去相处得很和睦，谁都不关心最后那两只兔子了。数字魔鬼回到数字天堂他的老熟人斐波那契那里去了，或者到其他在数字天堂不断策划新的“凶恶”念头的人那里去了。而罗伯特继续睡觉，他没有再做梦，一直睡到闹钟响。他很高兴，他的闹钟完全是一只普通的闹钟，并不是什么兔子钟。

谁要是还不相信的话，他还可以走进大自然，去计算自然，并可以更清楚地观察从下往上长的大树，你们中间的一些人对许多兔子的事感到很复杂，大树不像兔子那样到处乱跳，它静止不动，因此，你们可以很容易地去数一数它的树杈。请你从下面开始，从横线左边的1开始，横线1只有一个树干通过，正好到横线2分出了一个杈，在横线3又分出了一个杈。那么，现在请你继续数下去，一直数到最上面，也就是横线9，看有多少树杈。

数一数每一条横线处的树枝数量，你发现了什么？

第七夜

数字金字塔

“我很担心，”罗伯特的母亲说，“我确实不知道，这孩子怎么了。他以前总是在院子里或在市内公园和阿尔贝特、查理、恩齐奥及其他孩子一起踢足球。现在，他却整天蹲在他的小屋里。他不去做家庭作业，反而把一大张纸摆在面前，在上面画一些兔子。”

“别嚷嚷了，”罗伯特说，“你把我弄糊涂了，我必须集中注意力。”

她自言自语地继续说着，就好像罗伯特根本不在屋里似的。

“以前，他从不对数字感兴趣。现在可好，他经常因为数学作业遭到他老师的责骂。你终该到户外去散散步了吧？”她最后说。

“你说得对。如果我还继续数兔子的话，我该头痛了。”

于是，罗伯特离开房子。市内公园里有一大片草地，可里面一只兔子也没有。

“嘿，罗伯特！”阿尔贝特一看见罗伯特就说，“一块儿玩吧？”

恩齐奥、格哈尔德、伊凡和卡罗尔也都在。他们在踢足球，但罗伯特没有兴趣。他们这些人对树木是怎样长的肯定一窍不通，罗伯特想。

当他回到家时，天已经很晚了。他一吃完晚饭，就上床睡觉了。为了谨慎起见，他把一支粗粗的蘑菇状彩色铅笔塞进了宽大的睡衣裤袋里。

“不知从什么时候起，你这么早就去上床睡觉了？”他母亲惊奇地说道，“从前你总是尽可能长地熬夜。”

只有罗伯特自己清楚他想什么，而且他也知道，为什么不能把这些事告诉他母亲。如果他向她讲兔子、大树还有贝壳会算账，而且他还与数字魔鬼成了朋友，那她一定不会相信他的。他几乎刚一入睡，老人就已经到了。

“今天我给你看点完全惊人的东西。”他说。

“什么都行，但千万不要再是兔子了。我为它们操劳了整整一天。白色的和褐色的总是把我搞得晕头转向。”

“忘了它们吧！跟我来。”

他把罗伯特带到了一所立方体形状的白色房子里。房子内部所有的地方都粉刷成了白色，甚至楼梯和门都是白色的。他们来到了一个没有装饰的雪白的大房间里。

“这里连坐的地方都没有，”罗伯特诉苦道，“那么，这些地上的方块是干什么用的呢？”

他向放在墙角里的一大堆方块走去，并且看清了那些方块都是些石头。

“它们看上去好像是用玻璃或塑料做的，”罗伯特断定道，“清一色的大方块，内部有点发光，那可能是电熔丝或是别的什么东西。”

“是电，”老人说，“如果你感兴趣的话，我们建一座金字塔。”

他先拿了几个方块，并按顺序把它们摆在了雪白的地板上。

“就这样摆，罗伯特。”

“它们看上去好像是用玻璃或塑料做的，”罗伯特断定道，“清一色的大方块，内部有点发光，那可能是电熔丝或是别的什么东西。”

他们继续干下去，直到那一排方块看上去像下面这个样子：

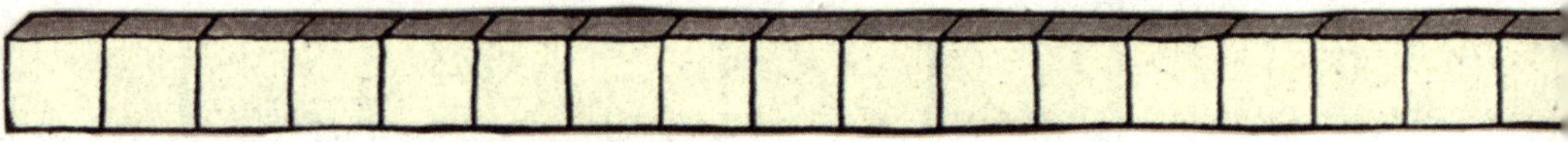

“停！”数字魔鬼喊道，“我们现在有多少方块了？”

罗伯特数了数。

“17。这可是个怪数。”他说。

“这不是你想的那样，是怪数。你只需要从中减去‘1’就行。”

“16，又是一个蹦蹦跳数字，一个2的四次蹦蹦跳：2^4。”

“你看，”老人说，“你一切都觉察到了。但现在我们继续建造下去。上一个方块要始终放在下两个方块中间的缝上，准确地说，就像砌墙一样。”

“OK！”罗伯特说，“但这不像金字塔。金字塔下面有三个角，或四个角，这东西是平的。它不是金字塔，倒是三角形。”

“那好，”数字魔鬼说，“那我们就建一个三角形。”于是，他们又继续干了很长时间，直到建成为止。

“好了！”罗伯特喊道。

“好了？现在才真正开始。”

数字魔鬼沿着三角形的一边爬了上去，在最上面的方块写了个“1”字。

“和以前一样，”罗伯特嘟囔道，“你就知道你的‘1’！”

“对了，”老人回答说，“一切都从‘1’开始，你又不是不知道。”

“但下一块怎么写？”

“这你马上就能看到。我们在接下来的每一个方块上始终写一个得数，也就是上面两个数加起来的得数。”

“这有什么难的。”罗伯特说。他从口袋里掏出他的粗粗的彩色铅笔，然后写道：

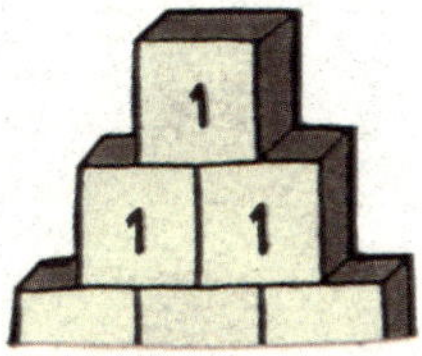

“除了1还是1，”罗伯特说，“看来，我用不着计算器了。”

“数字马上就大了。继续写下去。”数字魔鬼说。于是罗伯特写道：

“小儿科。”他说。

“你不要这么放肆，亲爱的，你等着瞧，下面有你瞧的。”

罗伯特一边算一边写：

他在三角形上，从上至下写道：

“我已经看出来了，边上的数是清一色的‘1’，一直到底都是，它旁边的斜着的一排，我也可以写上，它完全是非常简单的普通数字：1，2，3，4，5，6，7…”

“那么，下一个斜着的一排写的是什么，也就是紧挨着1，2，3，4，5，6，7…的那一排？读一下前四个数。”数字魔鬼又露出了狡黠的笑容，罗伯特读出从右上到左下的数字：“1，3，6，10…不知怎么搞的，我好像在哪儿见过。”

“椰子，椰子。”老人说。

“啊，原来是这样，对了，现在我知道了。1，3，6，10…它们是三角形数字。”

“那么，怎么做？”

“哎呀，我给忘了。”罗伯特说。

“非常简单。”

$$1+2=3$$

$$3+3=6$$

$$6+4=10$$

$$10+5=15$$

“15+6=21。”罗伯特继续写下去。

“嗯，很好！”

照这个方式，罗伯特写在小方块里的数字越来越多。这个工作一方面来说，已经很容易了，因为他不再需要登上很高很高的地方去写了，但另一方面这讨厌的数字则越来越大。

“不，”他说，“你千万不能要求我把所有的数字都口算出来。”

“就依你，”老人说，“只是不要烦躁嘛。如果我在瞬间不能成

罗伯特以极快的速度写满了整个三角形。

功的话，那可就见鬼了！”

于是，他以极快的速度写满了整个三角形。

“最下面中间的那个数太美了，”罗伯特说，“12 870！真的！”

“噢，这是小事一桩。这个三角形里还藏有很多好东西呢。”

的确可以这样说！你们大概觉得这么做，会伤透脑筋？错了！事情倒过来才对。只有不喜欢长时间来回计算的懒人才这样认为。例如，如果你们想知道前十二个三角形数字加起来得多少的话，你们只需要接着从左上往右下斜的第三排，即从1，3，6，10开始即可。你们用手指头从1开始一直数到第十二个方块。然后，你们找到紧挨着第十二个方块的左下方的那个数字，看它是多少。用这个方法，你们可以节省计算时间，算一下1+3+6+10+15+21+28+36+45+55+66+78等于多少。

“你知道我们究竟盖了一个什么吗？”数字魔鬼问，“这可不是一个简单的三角形，它是一个显示器！一个荧光屏。你知道所有的小方块里面装的电子活动装置是干什么用的吗？这个东西接通电源就会发光。”

他拍了一下手掌，于是整个房间都暗了下来。然后他又拍了一下手掌，于是最上面的第一个方块发出红色的光。

“下一个还是‘1’。”罗伯特说。

当老人又拍了一下手掌时，第一排熄灭了，第二排像红灯一样发出了红色的光。

“也许你该加一下了。”他说。

“1+1=2。”罗伯特含糊不清地说，“不那么激动人心！”

数字魔鬼又拍了一下手掌，于是第三排也发出了红光。

“1+2+1=4。”罗伯特说，“你根本不需要继续拍巴掌了，我已经看出来了。这是我们的老熟人了，这是2的蹦蹦跳。下一排是$2\times2\times2$或者2^3等于8。接下来是16，32，64…直到三角形的最下面为止。”

“最后一排的和，”老人说，“如果你想准确地知道的话，是2^{16}，这个数比较大了，即65 536。”

“还不太大。”

“还好。”数字魔鬼拍了一下手掌，于是所有的方块又全部黑了下来。

“你是不是还想让我再看到几位老熟人呢？”罗伯特问。

“等着看吧！”

老人拍了三次手掌，所有的方块又都亮了起来，一些是黄色的，另一些是蓝色的，接下来的是绿色或红色。

“看起来像狂欢节。”罗伯特说。

“你看出同一种颜色的小楼梯，也就是从右上方到左下方的小楼梯的名堂来了没有？我们把同一个颜色的楼梯上的数加起来，看看它们等于多少。从最上面的红色开始！”

“只有一级台阶，”罗伯特说，“1永远是1。”

“然后是下面的黄色。”

“仍然只有一个。”

“下一个是蓝色，有两个小方块。”

“1+1=2。”

“然后，紧接其下面的是绿色，两个绿色的方块。”

“2+1=3。”

现在罗伯特知道应该怎样进行了。

现在亮着灯的是第七排，也就是2^6，等于64。

老人拍了三次手掌，所有的方块又都亮了起来，一些是黄色的，另一些是蓝色的，接下来的是绿色或红色。

“再下面的是红色：1+3+1=5。接着是黄色的：3+4+1=8。蓝色的：1+6+5+1=13。”

“这是什么意思：1，1，2，3，5，8，13…”

“当然是斐波那契数列了！兔子数字。”

“你从中看出来了吧，在我们的三角形里藏有许多东西。我们继续做下去可能需要一整天的时间，但我觉得，对你来说今天够多的了。”

“这句话你好像说了三遍了。”罗伯特说。

“那好吧，结束计算。”

数字魔鬼拍了一下手掌，于是五颜六色的小方块熄灭了。

“但我们的显示器还有许多好玩的！如果我再拍一下手掌，你知道会发生什么事吗？将是整个三角形里的偶数全部发亮，而所有的奇数都发暗。要不要我试一下？”

“我不反对。”

罗伯特所看到的确实是一个奇迹。

“这真让人发狂！一个花样图案。在清一色的三角形里，有一个头朝下倒着的三角形。”罗伯特惊奇得不得了。

“大一点的和小一点的，”数字魔鬼说，“最小的虽然看上去像一个小方块，但它确实是三角形中的一块。中等的由六个小方块组成，而最大的由二十八个组成，这当然都是三角形数字。那么，现在发黄色光的都是些偶数。你知道吗？如果我们分别让显示器上被3，4，5除尽的所有数字发光的话，会发生什么情况呢？我只需要拍手掌，你只管看着。我们先试哪一部分呢？先试5吧？”

“好，”罗伯特说，“让所有被5除尽的数出来。”

老人拍了一下手掌，于是黄色的数字熄灭了，绿色的数字亮起来了。

“这让我感觉到不像是在做梦，”罗伯特说，“又是些清一色的

现在发黄色光的都是些偶数。

“好，”罗伯特说，“让所有被5除尽的数出来。”

三角形，但这一次与往常的不一样，这次纯粹是魔术！”

“是的，亲爱的，有时我自己问自己，什么地方是数学终止的地方，什么地方又是魔术开始的地方呢？”

“真了不起。这都是你发明的吧？”

“不。”

“那是谁？”

“鬼知道！这个大数字三角形是一个非常古老的问题，比我老多了。”

“可我觉得你也非常老了呀？”

“我？不行啊，我在数字天堂里是最年轻的。我们的三角形至少有两千岁了。我相信，这是一位中国人想出来的。但我们今天还仍在玩这个三角形，并且我们不断发现新的花招，供人们来玩。”

如果你们这样不断发现下去，罗伯特静静地想，那你们也永远没有个完。但罗伯特并没有说出声。

然而，尽管如此，数字魔鬼已经看出他在想什么了。

“是的，数学有着一个没完没了的历史，”他说，“你钻研啊，钻研，不停地钻研，就会不停地发现新的东西。”

“你们对三角形的研究永远也不会停止吗？”罗伯特问。

“我不会，但你呢？”数字魔鬼压低声音说，而在他说话的时候，绿色的小方块越来越暗淡，他本人也越来越瘦小，最后小得像一条线似的，看上去像一个不爱喝汤的孩子。整个房间完全暗了下来，而且罗伯特也马上忘掉了一切，比如五颜六色的小方块、三角形数字、斐波那契数列，甚至他的老朋友——数字魔鬼。

他睡啊，睡啊，当他第二天早上醒来时，她母亲问他："你看上去脸色特别苍白，罗伯特。你又梦见不好的东西了？"

"不，不。"罗伯特说，"怎么了？"

"我担心你。"

"但妈妈，"罗伯特回答说，"你是知道的，别说不吉利的话。"

你们中间是否有人想知道，如果显示器上所有能被4除尽的数都亮起来的话，那么它的图案将是什么样子的呢？这个你们可以不需要数字魔鬼了。你们每一个人都可以自己把它找出来。你们拿一支彩色铅笔，把所有在4的乘法表中出现的数标出来。如果你们遇见特别大的数字时，就使用计算器。把数字简单地输入计算器：按下4，你们看，它是否可以被4除尽。

第八夜
排列组合

罗伯特站在黑板的最前面。在前排坐着的是他的两个好朋友：一个是爱踢足球的阿尔贝特，另一个是扎辫子的贝提娜。跟往常一样，他们俩总是争吵不休。

这恰恰使我觉得还缺少点什么，罗伯特想，难道我现在又梦见学校了？

这时门开了，但进来的不是博克尔博士，而是数字魔鬼。

“早上好，”他说，“就像我看见的那样，你们已经又争吵起来了。到底是为了什么？”

“贝提娜坐在我的座位上了。”阿尔贝特说。

“你就跟她换一换嘛。”

“可她不愿意嘛。”阿尔贝特说。

“写在黑板上，罗伯特。”老人请求他说。

“写什么？”

“你写A指阿尔贝特，B指贝提娜。阿尔贝特坐在左边，贝提娜坐在右边。”

罗伯特看不出来他为什么要写这些东西，但他想：也许是开个玩笑吧，我没意见。于是他写道：

AB

“好，就这样。”数字魔鬼说，“贝提娜，现在你坐在左边，阿尔贝特坐在右边。”

可真怪！贝提娜居然没有反对。她乖乖地站起来，与阿尔贝特换了位子。

BA

罗伯特写在了黑板上。

就在这个时候，门开了，于是查理（代表C）走了进来，跟往常一样，他总是迟到。他坐在了贝提娜的左边。罗伯特写道：

CBA

但贝提娜完全不同意这个安排。“既然我已经坐在左边了，”她说，“那就坐在最左边！”

“那好吧，”查理喃喃自语地说，“随你的便！”于是他们俩换了位子。

BCA

对此，阿尔贝特又不满意了。“但我想我最好还是挨着贝提娜坐。”他说。查理脾气特别好，他没有继续站起来，就把位子让给了阿尔贝特。

BAC

“如果这样继续换来换去的话，”罗伯特自言自语地说，“那我们可能把这节数学课完全忘掉了。但如果要继续下去的话，那阿尔贝特也很想坐在最左边。”

“那好，我们大家必须起立，”贝提娜说，“我虽然看不明白，但如果一定要这样的话……过来，查理！”

于是，当他们又重新坐下来时，人们看到的是：

ABC

这么着换来换去，时间长了当然不好。

“不，挨着查理我一分钟也忍受不了。”贝提娜强调说，“他确实是一个讨厌的家伙，因为他总是安静不下来。”两个小男孩只好听她的。

罗伯特写道：

CAB

“现在该可以了吧？”他说。

“你说呢？”数字魔鬼问，“他们三个还根本没有试完所有的组合，如果他们这样坐的话：阿尔贝特在左边，查理在中间，而贝提娜在右边，会怎么样呢？”

“从来就没有这样坐过。”贝提娜说。

“别这样，贝提娜。”老人说。

他们三个不情愿地站起身来，并按数字魔鬼说的坐了下来：

“你发现什么了没有，罗伯特？”数字魔鬼问，“嘿，罗伯特，我跟你说话呢！”

他们三个这时一定还不满意。罗伯特把目光投向了黑板。

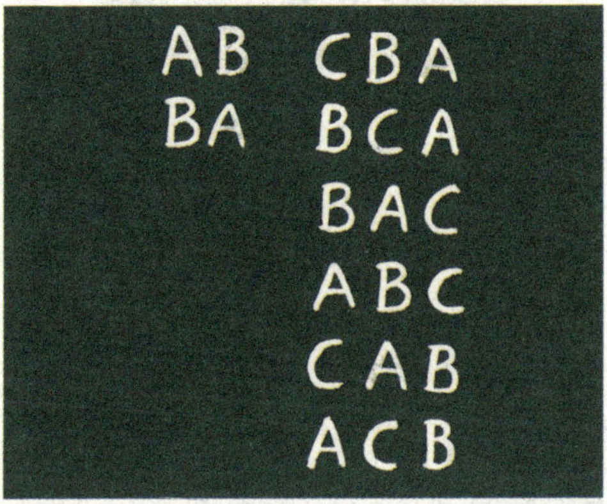

“据我看，我们好像把所有的组合都试过了。”他说。

“这我也相信，”数字魔鬼说，“但这不可能，在你们班不是有个‘四人组’吗？我担心，还缺少一个。”

话音刚落，多里斯（代表D）推门进来，她跑得有点上气不接下气了。

“这里发生什么事了？不是博克尔博士？那么，您是谁？”她问数字魔鬼。

“我在这里仅仅是个例外，”老人说，“你们的博克尔博士得离开几天，他说他几乎受不了了。你们班使他感到非常不安。”

“的确可以这样说，”多里斯回答道，“大家全都坐乱了。从什么时候起这位子变成你的座位了，查理？这是我的座位！”

“那么，你可以提出如何排座次的建议，多里斯。”数字魔鬼说。

“我认为，简单地按字母顺序排列组合即可，”她说，“A如同阿尔贝特，B如同贝提娜，C如同查理，余下类推。这似乎是最简单的了。”

“按你说的办，我们试一下。”

罗伯特在黑板上记录下来：

ABCD

然而，按照多里斯排定的座次其他人根本就不同意。班级里大吵大闹起来。贝提娜最凶。如果有人不想把自己的座位交出来，她就又抓又咬。大家都你推我，我挤你。随着时间的推移，他们玩得疯狂起来，但他们四个人都感到很开心。他们的变换始终很快，以至于罗伯特几乎都记录不下来了。后来，这“四人组”终于把所有变换的可能性都试了一遍，现在全都记在了黑板上：

ABCD	BACD	CABD	DABC
ABDC	BADC	CADB	DACB
ACBD	BCAD	CBAD	DBAC
ACDB	BCDA	CBDA	DBCA
ADBC	BDAC	CDAB	DCAB
ADCB	BDCA	CDBA	DCBA

还好，恰巧今天不是所有人都在，罗伯特想，否则这又要没完没了了。

正在这时，门开了，于是恩齐奥（E）、费利西塔斯（F）、格哈尔德（G）、海迪（H）、伊凡（I）、耶安妮娜（J）和卡罗尔（K）拥了进来。

“不，”罗伯特喊道，“请别这样，请别坐下来，否则会把我弄糊涂的。”

“好吧，”数字魔鬼说，“就到这里吧。你们大家可以回家去了。下节课不上了。”

“那我呢？”罗伯特问。

“你还得再待一会儿。”

其他同学都向校园里跑去了，罗伯特看着黑板上写的东西。

“瞧，你对这个东西有什么看法？”数字魔鬼问。

“我不知道，但有一点是清楚的，越来越多，人越多，坐法变换的可能性就越多。只要有两个学生在，就有变化。两个学生有两种可能性，三个学生有六种可能性，四个学生就已经有——请等一下！有二十四种可能性。”

“那么，如果只有一个人在呢？”

“那不是明摆着的事嘛！当然只有一种可能性。”

“用乘法试一下。”老人说。

学生	变换的可能性
1	1
2	1 × 2 = 2
3	1 × 2 × 3 = 6
4	1 × 2 × 3 × 4 = 24

“啊哈，”罗伯特说，“挺有意思的。”

“如果参加的人越来越多的话，记录起来就非常麻烦。人们也可以

“不，”罗伯特喊道，“请别这样，请别坐下来，否则会把我弄糊涂的。”

“好吧，”数字魔鬼说，“就到这里吧。你们大家可以回家去了。下节课不上了。”

把它缩短。就是先把参加的人数写上，然后在其后面加上一个感叹号：

$$4! = 24$$

人们把它读作：4的碰碰撞（也就是阶乘）！”

“如果我们不把恩齐奥、费利西塔斯、格哈尔德、海迪、伊凡、耶安妮娜和卡罗尔赶回家去的话，会怎样，你说将会发生什么事？”

“那将会乱七八糟，”数字魔鬼说，“我们要拼命地去试所有的坐法，我可以告诉你，这要持续很长很长的时间。加上阿尔贝特、贝提娜、查理和多里斯一共有十一个人，也就是说，有十一种碰碰撞的可能性。猜一猜，一共有多少种可能性？”

“没有人能够口算出来。但在学校里我总是随身带着计算器。秘密地当然可以，因为博克尔博士不能容忍有人用计算器做作业。”于是，罗伯特开始在计算器上按下：

$$1 \times 2 \times 3 \times 4 \times 5 \times 6 \times 7 \times 8 \times 9 \times 10 \times 11 =$$

“11的碰碰撞，”他说，“正好是39 916 800。几乎是四千万了！”

“你看，罗伯特，如果我们试的话，我们还要在这里坐上八十年。你的同学早就需要轮椅了，而我们还要雇十一个护士，帮他们来来回回地移动。但用小小的一点数学，就很快把所有的问题解决了。现在我又想起了一点东西。你往窗户外看一看，你的同学是不是还在下面。”

“他们，我想，他们可能还要买一盒冰激凌，马上就回家去了。”

“我认为，如果他们告别的话，他们会握手告别的，你说呢？”

“绝不可能。他们最多说声‘喂’或‘回头见’。”

“太遗憾啦，”数字魔鬼说，“我非常想知道，如果他们每个人与每个人都握手告别的话，会发生什么情况。”

“你歇着吧！这一定要永远地持续下去。这可能是一个巨大的数字。如果是十一个人的话，大概是十一的碰碰撞吧。”

“胡说八道！”老人说。

如果是两个人的话，罗伯特想，一次握手就够了，要是三个人……

“最好是写在黑板上。”

罗伯特写道：

A	—
AB	AB
ABC	AB AC BC
ABCD	AB AC AD BC BD CD

“那么，两个人是一次，三个人是三次，四个人就已经是六次了。”

“1，3，6…这个我们不认识吗？”

罗伯特好像想不起来了。这时，数字魔鬼在黑板上画了一些胖胖的圆点：

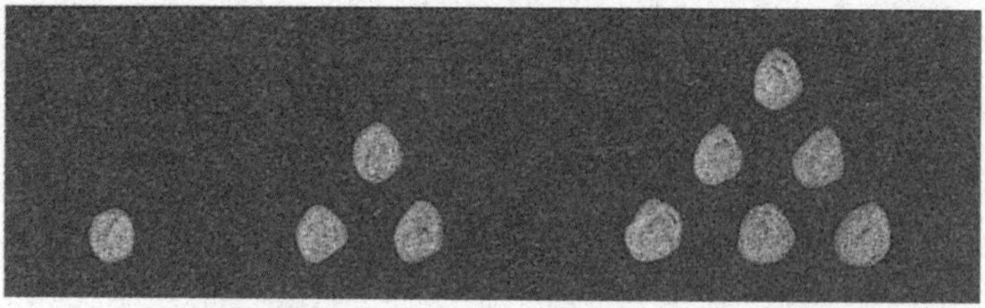

“椰子，”罗伯特喊道，“三角形数字！”

“那么，三角形数字是怎么一回事来着？”

“这你当然知道。”

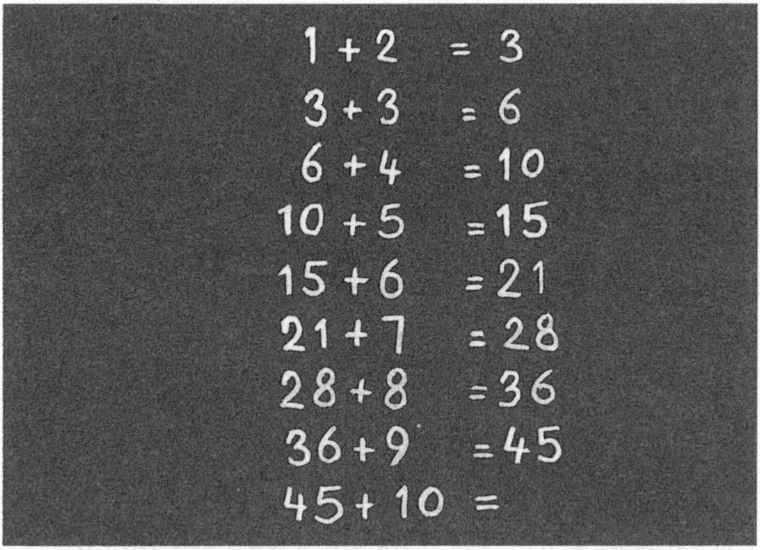

“一共是五十五次握手。”

“还可以继续下去。”罗伯特说。

“如果你不想长时间计算下去，你还可以干些别的。你可以在黑板上画几个圆，就是这样：

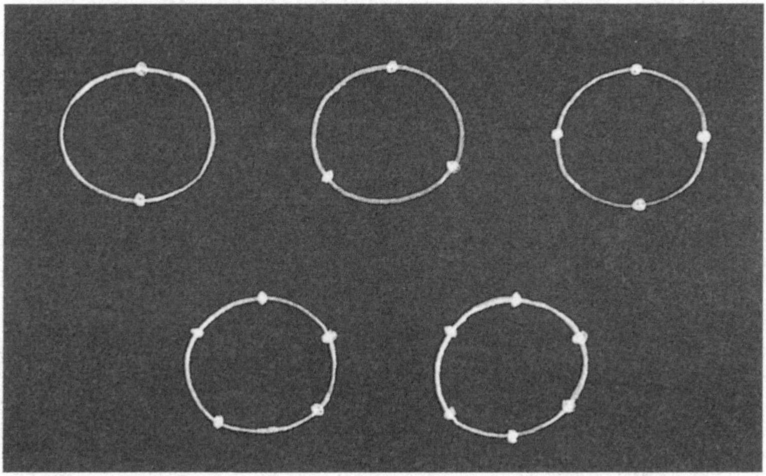

“然后，你在每个新画的圆上加上字母：A代表阿尔贝特，B代表贝提娜，C代表查理，余下类推。接下来，你把所有的字母都互相连接起来：

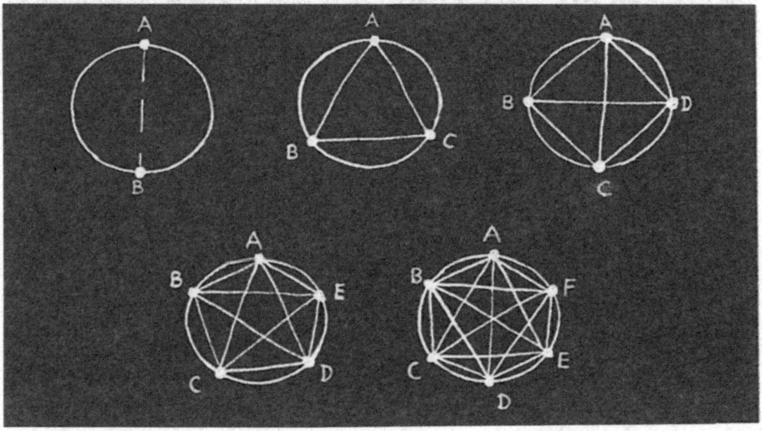

“这样你就看得非常清楚了，不是吗？每一根线表示一次握手。你可以数一数嘛。”

“1，3，6，10，15…同以往一样，”罗伯特说，“有一点我真是搞不懂，可不可以告诉我，你的数字为什么总是那么协调？”

“这就是魔力作用于数字的缘故，所有的数字都很协调。那好吧，我们最好还是说：几乎所有的数字都协调吧。就说蹦蹦跳数字吧，你是知道的，它有它的怪脾气。于是你还得特别注意，否则你就会很容易失败。不过，总的来说，数字确实还是非常井井有条的。就是这么好的数字，竟然仍有一些人恨它。但我不喜欢邋邋遢遢和吊儿郎当的人，那么，反过来说也完全一样，他们也不喜欢数字。啊，顺便想起一件事，你从窗户上看一下，你们的校园简直像一个猪圈！”

罗伯特也不得不承认，因为校园里到处都是些空可乐瓶、撕碎的连环画册和黄油面包纸。

“如果你们中间的三个人有一把扫帚的话，半个小时后你们的校园就会有很大改观。”

“那么谁是这些人中的三个呢？”罗伯特问。

“例如阿尔贝特、贝提娜和查理。或者多里斯、恩齐奥、费利西塔斯。另外，还有格哈尔德、海迪、伊凡、耶安妮娜和卡罗尔。”

“你的意思是，只需要三个就行？”

“是的，”数字魔鬼回答道，“但是哪三个呢？”

“那最好按字母顺序的组合来吧。”罗伯特说。

“好。如果我们只要三个的话，那就是阿尔贝特、贝提娜和查理，你看怎么样？”

“那就他们三个吧。”

“好，写上去。”

罗伯特写道：

ABC

“要是多里斯也来的话，那我们怎么办呢？然后就会有更多的组合。”

罗伯特想了想，然后在黑板上写道：

ABC　ABD　ACD　BCD

“有四种组合。”

“另外，恩齐奥也走过来了。他为什么不来帮忙呢？现在我们有五个人选了。试一下。”

但罗伯特不想试。

“最好马上告诉我，还有谁要走出来。”罗伯特有气无力地说。

“那好吧，三个人我们只能构成一个三人组。四个人就可构成四个不同的小组，那么，五个人就可构成十个小组。我写给你看。”

人数	小组数									
3	ABC									
4	ABC	ABD		ACD			BCD			
5	ABC	ABD	ABE	ACD	ACE	ADE	BCD	BCE	BDE	CDE

“在这个表格里还有一个特殊的东西。我是把它们按字母顺序安排的，就像你看到的这样。那么，有多少个小组是以阿尔贝特开头的呢？十个。有多少是以贝提娜开头的呢？四个。而以查理开头的小组只有一个。在这个游戏里总是出现这样一组数字：

1, 4, 10 …

猜一猜，怎么继续进行下去？我想，如果现在又有一些人走过去了，就说费利西塔斯、格哈尔德、海迪等人吧，那怎么办呢？那要增加多少个三人小组呢？”

“我不知道。”罗伯特说。

“你应该知道，我们是怎样挖空心思地想出握手那件事的呢？如果是每个人与每个人握手告别的话呢？”

“这非常容易，用三角形数字就能计算出来：

1, 3, 6, 10, 15, 21…

可是，这与我们的扫帚对不上号，我们是三人一组工作的。”

“不，如果你把前两个三角形数字加起来，看是多少？”

“4。”

“那么，如果你把后面的数加上去呢？”

“10。”

“那么再加上一个呢？”

“10+10=20。”

“很好。”

“那么，现在我想继续计算下去，直到我也加入这十一个人中去，该怎么计算？”

“别担心，没问题。而且这也用不着计算器，用不着试验，用不着ABCDEFGHIJK。”

“到底用什么？”

“用我们的好得不能再好的老数字三角形。”老人说。

“你打算在这里的黑板上画一个吗？”

“不。我没想过用这个办法。这对我来说太麻烦了。但我带来了我的散步手杖。”

他用散步手杖在黑板上轻轻点了一下，于是一个数字三角形就已经出现在黑板上了，图形占满了整个黑板，而且上面还有四种颜色。

“在这儿工作一点也不舒服，”数字魔鬼说，“在计算握手时，你直接从上往下数绿色的小方块：两个人一次握手，三个人三次握手，十一个人五十五次握手。在计算扫帚三人组合时，你需要红色的小方块。你再从上往下数。从三个人的地方开始，三个人只有一种可能性。如果你选择下面四个人的话，就有四个组合随时听候你的吩咐，到五个人时就已经有十个组合了。那么如果所有的十一个同学都到的话，是多少？”

“应该是165，”罗伯特回答道，“这确实非常简单。这个数字三角形几乎与计算器一样好。但黄色的小方块是干什么用的呢？”

“哦，”老人说，“现在应该让你知道，我是不能轻易地满足你的要求的。我们数字魔鬼有个毛病，爱把所有的事情做过了头。如果三个人给你打工不够的话，你怎么办？然后你必须用四个人。于是黄色的那一列就会告诉你，例如你从八个人里面选择四个组合的话，有多少种可能性？”

“70。”罗伯特说。因为他理解得非常透彻，做起来也就十分容易，多简单呢，答案就是从大三角形里读出来的。

“很精确，”数字魔鬼说，“关于蓝色的小方块我实在不想说了。”

“这大概是分八人小组的吧。如果我只有八个人供支配的话，那我不需要多想，只有一种可能性。如果有十个候选人的话，我可以编成45个不同的小组。余下类推。”

“这一点你理解了。”

“现在我只想知道外面校园里怎么样了。”罗伯特说。

他从窗户望去，于是他看到校园里充满了从未有过的欢乐和愉悦。

“随便问问，你知道现在哪三个人手里拿着扫帚？”

“你无论如何不该这样，亲爱的罗伯特。”数字魔鬼说。

“如果我整夜都跟数字和小方块纠缠不清的话，我怎么才能去打扫校园呢？”

“你承认过，”老人说，“这使你感到很开心。”

“那么现在呢？你不久还会来吗？”

他用散步手杖在黑板上轻轻点了一下，于是一个数字三角形就已经出现在黑板上了，图形占满了整个黑板，而且上面还有四种颜色。

“我首先要去休假，”数字魔鬼说，“你在我休假期间可与博克尔博士聊一聊。”

跟他聊，罗伯特只有一点点兴趣，但他能有别的什么办法呢？第二天早上他仍旧要继续上学去。

第二天早晨当他走进教室时，阿尔贝特、贝提娜和其他同学都已坐在他们自己的座位上了。但没人想与别人换位子。

“看，我们的数学天才来啦。”查理喊道。

“我们亲爱的罗伯特甚至还在睡梦中学着呢。”贝提娜用挖苦人的口气说。

“你们认为，你们这样做对他有什么好处吗？”多里斯问道。

“我几乎相信，”卡罗尔说，“博克尔博士反正不喜欢他。”

“正相反，”罗伯特反驳道，“他不想了解我！”

在博克尔博士进来之前，罗伯特又飞快地向窗外扫了一眼。和往常一样，他想，当他一眼看见校园时，只有唯一的一小堆垃圾！人们对自己梦见的东西千万不可相信，但除了数字以外。对于数字人们一定要相信。这时，那位不可缺少的博克尔博士带着满满一公文包的“8”字形烘饼走了进来。

第九夜

数列大集合

罗伯特梦见他在做梦。他已经习惯了。经常是这样，如果他在梦里梦见使他很难办的事，例如，他一条腿站在湍急的河流中间的一块下沉的石头上，既不能向前也不能向后，然后他就飞快地想道：可恶，这不过仅仅是一个梦而已。

但接下来，他非得患一场感冒不可，于是他不得不因发烧而卧床休息，而这时做梦并不能帮他多少，因为罗伯特完全清楚：发烧时做的梦最糟糕。他回想起以前得病的那一次，他是怎样掉进爆发中的火山的。喷发的火山把他高高地抛在空中，于是他将面临从高高的天空慢慢地、令人毛骨悚然地再次摔下去，掉进火山口的正中间……他实在不想再回忆下去了。

因此，他试图保持清醒，尽管她母亲一而再再而三地说："通过睡眠养病是最好的办法。不要老是看书！这不利于健康。"

在他大约看了十二页连环画之后，他感到特别累，于是就闭上了眼睛。

然后他做了一个非常特别的梦。也就是说，他梦见自己患了感冒，并且躺在床上，而且数字魔鬼坐在他的床边上。

当时，床头柜上放着一杯水，他想起来了：我浑身很烫，我发烧了。我相信，我根本没有睡着。

“是吗？”老人说，“那你为什么和我在一起？你是梦见的我，还是我确实就存在？”

“我也不知道。”罗伯特说。

“这无所谓。不管怎样，我都会来看望你这个病人的。无论谁病了，都得在家待着，万万不可去沙漠旅游，或者去马铃薯田地里数兔子。因此我想，我们过一个安静的夜晚，不需要太大的窍门儿。这样我将不会感到无聊，我叫来了一些数字，我们一起玩一玩。你是知道的，我离开了数字就无法活。但你不必担心，他们都很和善。”

“你总是这样说。”罗伯特说。

这时有人敲门，于是数字魔鬼喊道：“进来。”他们很快就冲了进来，虽然那么多人，却一下子全进来了，罗伯特的卧室转眼间挤满了人。令他感到惊奇的是，在门和床之间的空地里怎么能容纳这么多人呢？数字们出现在他的面前，他们有的像自行车运动员，有的像马拉松运动员，因为他们都穿着印有各自号码的白色针织紧身衣。这个房间相当小，但是每当数字们挤进来时，它就看上去长了许多。房间的门不断地向外延伸，一直延伸到笔直的走廊后面，几乎看不到尽头。

数字们站在那里嘻嘻哈哈闲聊着，直至数字魔鬼像一位中士那样大声喊话时他们才停下来：“注意！第一列集合！”

他们背对着墙，很快排成了长长一队，“1”在最前面，其他人都在他的旁边。

“0在哪儿呢？”罗伯特问。

“0出列！”数字魔鬼吼道。

他藏在了床底下。现在他从床下爬出来，并且难为情地说：“我想，你们不需要我了嘛。我是那样多余，我相信，我患感冒了。我请求休病假。”

“走开！”老人喊道。于是0又爬回到罗伯特的床下去了。

“那好吧，他就是这样特殊，这就是0。他总是要求特殊化。但其他人——一旦引起你的注意，能像他那样听话吗？”

他非常满意地注视着全部普通的数字，他们是那样严格地按照顺序站在那里：

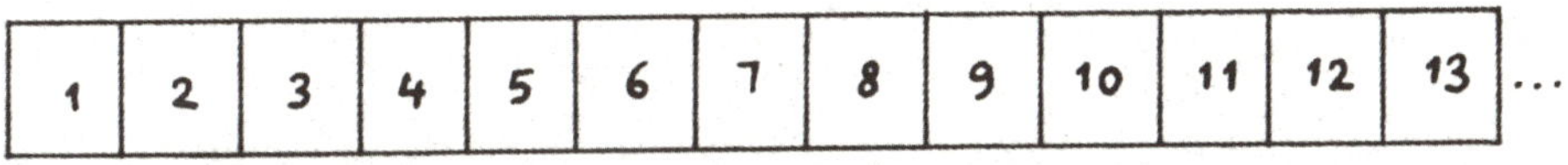

“第二列，集合！”他喊道。于是，新的数字们很快拥了进来，屋里顿时响起吧嗒吧嗒的脚步声和趿拉着鞋走路的声音，直到他们最终按正确的顺序排好才停下来：

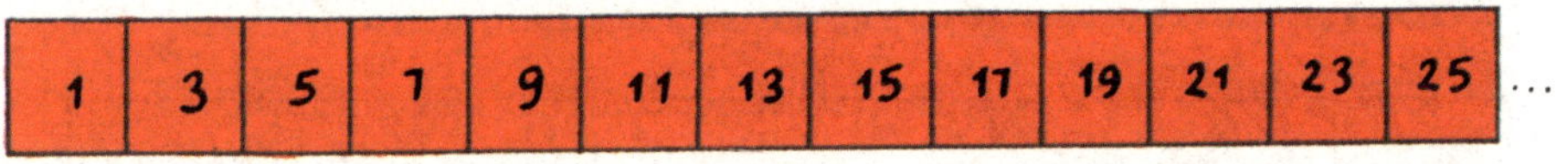

他们站在房间里其他人的前面——人们只好首先把这间房子看成是另外一间房子了，因为这时候这间房子变成一间又窄又长的一眼望不到边的房子了，他们这些人穿的都是红色的针织紧身衣。

“啊哈！”罗伯特说，“这些都是奇数。”

“对，不过猜猜看，他们有多少人，我是说与穿白色针织紧身衣的人相比，也就是靠墙站着的那些人。”

“这很明显，”罗伯特说，“每两个数中有一个是奇数。那就是说，红色的正好是白色的一半。”

“也就是说，你的意思是，奇数是普通数字的一半？”

“当然。”

数字魔鬼笑了，不过他这时的笑可不是觉得好笑，罗伯特几乎也看出来了，这可能又是一个幸灾乐祸的笑。

“我不得不对你感到失望，亲爱的罗伯特，”老人说，“这两队人完全一样多。”

“这不可能，”罗伯特喊道，“所有的普通数字不可能与红色的完全一样多，这才是胡说八道呢！”

“你瞧着吧，我演示给你看。”

他把脸转向数字们，并吼道：“第一列和第二列，握手！”

“你干吗对他们这样凶呢，”罗伯特生气地说，“这里完全像一个练兵场了。你能不能对他们客气一点呢？”

可他的抗议没产生太大作用，因为这时白色的一个已与红色的一个握上手了，一时间，他们像锡制的玩具兵一对一对地站在那儿不动了：

1	2	3	4	5	6	7	8	9	10	11	12	13	…
1	3	5	7	9	11	13	15	17	19	21	23	25	…

“你看见了吗？每一个奇数，也就是从1开始直到25以后的每一个奇数都属于从1开始到13以后的普通数字中的一个。或者说，你能给我证实一下没有白色数字陪伴下的红色数字的存在吗？也就是说，只要你能证明出有多少无限多的普通的数，就有多少无限多的奇数。它们都同样无限多。”

罗伯特考虑了一会儿。

“这是不是说，如果我用无限多除以2，就会得出两个无限多？那么，实际上总数也就和半数是同样大小的！”

“那肯定，”数字魔鬼说，“而且还不仅仅如此呢。”

他从口袋里掏出一个哨子，吹了一下。转眼间，从一眼望不到边的房子深处出现了一支新的队伍。这一次，他们穿的全是绿色的针织紧身衣，而且他们还噼里啪啦地来回走动着，直到数字魔鬼叫喊时才停下来。

“第三列，集合！”

不大一会儿，穿绿色衣服的整整齐齐地排在了穿红色和穿白色衣服的前面了：

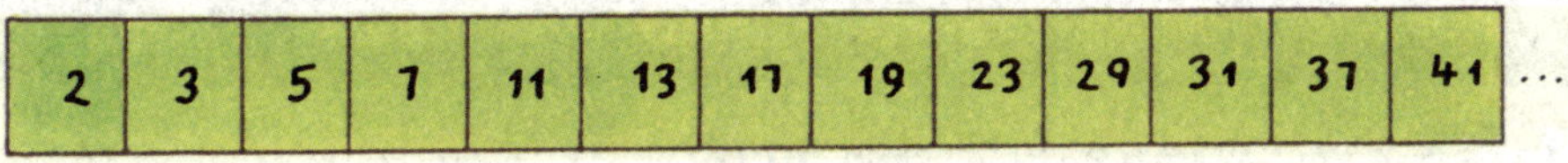

“他们都是顶呱呱数。”罗伯特肯定地说。

老头儿只是点了一下头。然后他又吹了一下哨子，接着又连续吹了四下。现在，罗伯特的房间确实给闹得天翻地覆了，这真是个梦魇！谁能够想到，在仅有的一间房子里却能容纳如此之多的数字人，而且它现在变得非常非常的长，就像火箭飞向月球的轨道似的！这里简直连落脚的地方都没有了。罗伯特感到他的脑袋像一个滚烫的白炽灯泡似的那么烫。

“停，”他喊道，“我受不了啦。”

“这仅仅是你的感冒给闹的，”数字魔鬼说，“明天你一定会好的。”

然后他继续指挥。

“大家注意听！第四、第五、第六、第七列，集合！快一点！”

罗伯特睁开了已经闭上的眼睛，于是他看到七列穿着白、红、绿、蓝、黄、黑和粉红色针织紧身衣的数字们整整齐齐、一个挨着一个排成行站在他那伸展得无边无际的卧室里。

1	2	3	4	5	6	7	8	9	10	11	12	13	14	15	…
1	3	5	7	9	11	13	15	17	19	21	23	25	27	29	…
2	3	5	7	11	13	17	19	23	29	31	37	41	43	47	…
1	1	2	3	5	8	13	21	34	55	89	144	233	377	610	…
1	3	6	10	15	21	28	36	45	55	66	78	91	105	120	…
2	4	8	16	32	64	128	256	512	1024	2048	4096	8192	16384		…
1	2	6	24	120	720	5040	40320		362880		3628800		39916800		…

他几乎已经读不出印在穿粉红色针织紧身衣上的最后一个数字了。因为这个数很长，几乎占满了那个人的整个胸部。

“数字增长得太快了，”罗伯特说，“我跟不上了。”

“碰碰撞！”老人说，“带感叹号的数字，如：

$$3! = 1 \times 2 \times 3$$
$$4! = 1 \times 2 \times 3 \times 4$$

接下来可以继续进行下去。这种数字增长得很快，比人们想得还快。但其他的数字呢？你认识他们吗？”

“红色的我们已经说过了，他们都是奇数，绿色的是顶呱呱数，蓝色的——我不知道了，但我好像在哪儿见过。”

“想想兔子！”

“啊，是这样的！他们是斐波那契数，接下来的黄色大概是三角形数字。”

“进来!”数字魔鬼喊道。数字们很快就冲了进来，虽然那么多人，却一下子全进来了，罗伯特的卧室转眼间挤满了人。

“真不赖，亲爱的罗伯特。感冒重点儿轻点儿没什么，但作为魔术学徒，你取得了进步。”

“那好吧。接下来的黑色，他们是普通的蹦蹦跳数字，如2^2，2^3，2^4等。”

“而且每一列中都同样有许多数。”数字魔鬼说。

“没完没了的多，”罗伯特叹息道，“而且是非常可怕的多，十分的拥挤。”

“第一至第七列，解散！”数字魔鬼吼道。

于是新的聚集、拥挤、噼里啪啦、碰碰撞撞的声音又开始了。当所有的数字刚一跑到屋外时，美好的寂静又回来了，罗伯特的房间又变得小小的、空荡荡的了，它完全恢复了往日的老样子。

“现在我需要一杯水和一片阿司匹林。”罗伯特说。

“你好好休息，明天一定能恢复健康。”

数字魔鬼甚至给他盖好被子。

“你只需要睁开眼睛就行，”他说，“我把余数写在你的房顶上。”

“哪个余数？”

“啊！”老人说着，随手又把他的散步手杖挥舞起来了，“我们把所有的队列都赶出去了，因为他们制造了太多的噼噼啪啪声，因为他们把太多的垃圾带进了房子里，现在该轮到数列上场了。”

“数列？什么是数列？”

“嗯，”数字魔鬼说，“它与上面提到的数字不大一样，上面提到的数字总是像锡制的玩具兵那样并排站着。如果他们聚集在一块儿会怎么样？我是说，如果把他们加在一起会怎么样？”

“我不明白。”罗伯特哼哼唧唧地说。

但在这时，老人已经把第一个数列写在房顶上了。

“你可不可以不说话，我可不可以好好休息一下？”罗伯特问。

“别提这种问题呀。你只需要读一读，上面写的是什么就行了。”

“现在我需要一杯水和一片阿司匹林。”罗伯特说。但老人已经又把他的散步手杖挥舞起来了。

$$\frac{1}{2}+\frac{1}{4}+\frac{1}{8}+\frac{1}{16}+\frac{1}{32}+\frac{1}{64}\cdots=$$

“这是分数，”罗伯特气呼呼地说，“呸，魔鬼！”

“请原谅，但这确实非常简单。你不觉得吗？”

“二分之一，”罗伯特说，“加四分之一加八分之一加十六分之一，等等。可以没完没了地加下去。上面的数总是1，而下面的是来自第六列的蹦蹦跳，他们都穿着黑色针织紧身衣。2，4，8，16…接下来的数是什么，我们都知道呀。”

“对，但如果我们把这些分数全部加起来，结果是多少呢？”

“我不知道，”罗伯特回答说，“因为数列永远停不下来，得出的结果也可能是没完没了的多。但另一方面，四分之一小于二分之一，八分之一小于四分之一，接下来可依次类推下去，也就是说，我所算的数越来越小。”

这时，数字已从房顶上消失了，罗伯特目不转睛地向上看去，他除了看见一条长长的线外，别的什么也看不见了。

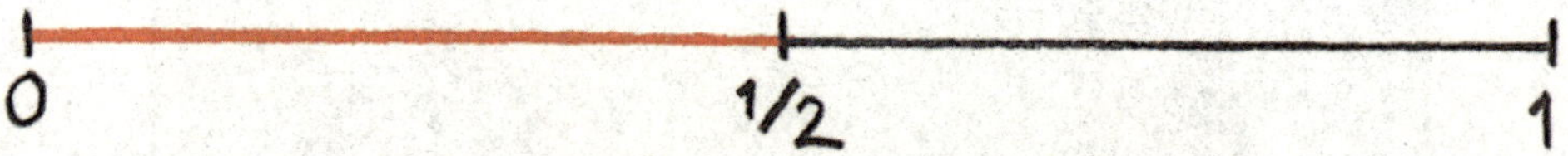

“啊哈，”过了一会儿罗伯特说，“我觉得我明白了。它从二分之一开始，然后我接着算二分之一的一半，也就是四分之一。”

于是，他刚才说的四分之一已经白纸黑字地显示在房顶上了。

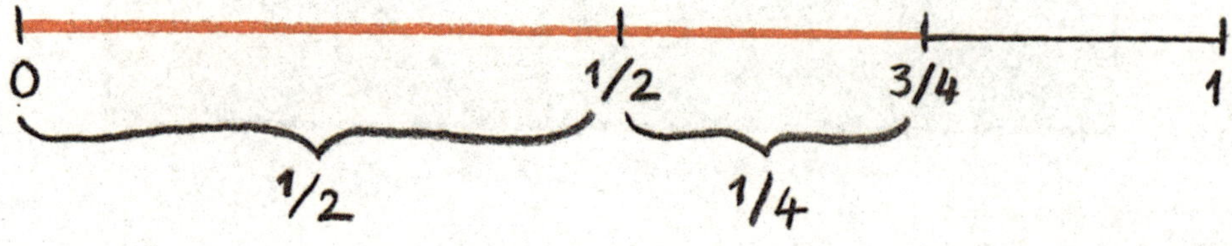

“然后我可以简单地进行下去了。我只计算分数的一半就行了。四分之一的一半是八分之一，八分之一的一半是十六分之一，依次类推下去。越往后的线段将越小，直至极小，小得我无法看见它们为止，这就很像过去分口香糖那样，而且，按这个方式算下去，我将白算一场。最后我可以几乎算到‘1’，但永远也达不到‘1’。”

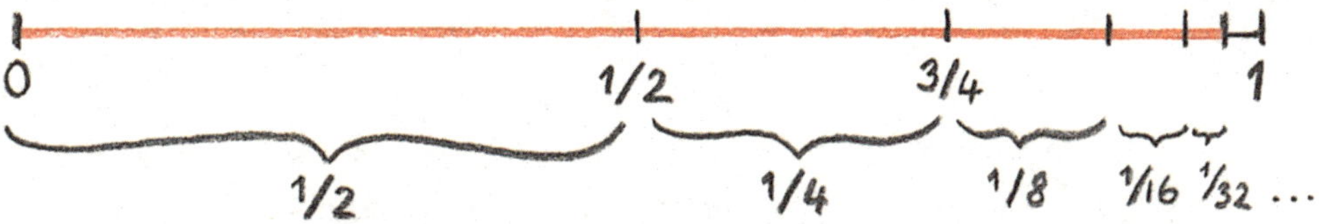

“不，你可以一直算到没完没了。”

“对此我没有这个兴趣了。最终我会因感冒卧床不起的。”

“尽管如此，”老人说，“你已经知道该怎样继续下去了，而且还知道结果应该是怎样的了，但你虽然累了，可数字却永远不知道累。”

这时，线段突然从房顶上消失了，随之出现了一组可读的数字：

$$\frac{1}{2}+\frac{1}{4}+\frac{1}{8}+\frac{1}{16}+\frac{1}{32}+\frac{1}{64}\cdots=1$$

“太神了，”数字魔鬼说，“太好了！但现在继续下去吧！”

“我累了。我想睡觉！”

“你到底想干什么？”老人问，“你睡吧。你最终还是要梦见我的，人总是会做梦的，只要他睡着。”

罗伯特想必已经认识到了这一点，即使他渐渐感到大脑发出全身肌肉疼痛的信号时，也没敢再说什么。

“那好吧，”他说，“就再听一次你发疯的想法，不过然后我一定要休息了。”

数字魔鬼举起他的散步手杖，用手指头打着榧子，房顶上又出现了一组数字：

$$\frac{1}{2}+\frac{1}{3}+\frac{1}{4}+\frac{1}{5}+\frac{1}{6}+\frac{1}{7}+\frac{1}{8}+\cdots=$$

“与刚才的一模一样，”罗伯特说，“我也可以把这一组数列计算出来，只要我愿意。每个新的数字都比它前面的那个小。这可能最后又等于‘1’。”

“你认为呢？让我们仔细地看一看事情的发展是怎样的吧，那我们就拿前两个数为例。”

现在，出现在房顶上的是这个数列的前两个分项：

$$\frac{1}{2}+\frac{1}{3}$$

“它们加起来等于多少？”

“我不知道。”罗伯特喃喃自语地说。

“你不要装傻，”老人骂道，“那么一半多还是四分之一多？”

“当然一半多，”罗伯特生气地说，“你认为我傻吗？”

“不，亲爱的，但请再回答我一个问题：三分之一多还是四分之一多？”

“当然三分之一多。”

“那很好。我们有两个分数，它们中间的每一个都比四分之一大，那么，什么是两个四分之一？”

“愚蠢的问题，两个四分之一就是一半。”

“你看见上面了吗？即前两个分项：

$$\frac{1}{2}+\frac{1}{3}\text{ 也就是说大于 }\frac{1}{4}+\frac{1}{4}$$

那么，如果我现在拿数列的下四个分项为例，然后我们得到的结果仍然大于一半。”

$$\frac{1}{4}+\frac{1}{5}+\frac{1}{6}+\frac{1}{7}$$

“这对我来说太复杂了。”罗伯特嘟囔着说。

“废话！”数字魔鬼吼道，“那么，四分之一多还是八分之一多？”

“四分之一。”

“五分之一多还是八分之一多？”

“五分之一。”

“很对。六分之一和七分之一与八分之一相比也完全是这样。因此，前四个分数中的每一个分数都大于八分之一。

$$\frac{1}{4},\ \frac{1}{5},\ \frac{1}{6},\ \frac{1}{7}$$

那么，四个八分之一是多少？”

罗伯特不情愿地说：“四个八分之一正好是二分之一。”

“太好了。现在我们看下一组数列：

$$\underbrace{\frac{1}{2}+\frac{1}{3}}_{\text{大于}\frac{1}{2}}+\underbrace{\frac{1}{4}+\frac{1}{5}+\frac{1}{6}+\frac{1}{7}}_{\text{大于}\frac{1}{2}}+\underbrace{\frac{1}{8}+\frac{1}{9}+\frac{1}{10}+\frac{1}{11}+\frac{1}{12}+\cdots\frac{1}{15}}_{\text{大于}\frac{1}{2}}+\frac{1}{16}\cdots$$

然后我们可以接着继续下去，一直到没完没了。你看，这组数列的前六个分项已经大于‘1’了，如果人们把它们算在一起的话。就按这个方法，我们可以继续下去，随便多久。”

“请别这样。”罗伯特说。

“那么，如果我这样继续下去的话——别害怕，我们不会这样做下去的，我们会算到哪儿呢？”

“大概算不到头，”罗伯特说，“很残酷。”

“这也许要持续很长很长时间，”数字魔鬼说，“当我们算到第一千项的时候，我们就要，相信我，即使我们以极快的速度运算的话，也要到世界的末日了。”

“因此我们最好放弃算了。”罗伯特说。

“我们只好放弃了。”

数字魔鬼使房顶上的字迹慢慢地、无声无息地消失了。时间飞快地流逝，罗伯特醒了，因为太阳晒得他的鼻尖直发痒。这时母亲摸了摸他的额头说：“上帝保佑，烧已退了！”

这时，他已经完全忘了，人们如何轻轻松松地、慢慢地从1一直滑到没完没了了。

第十夜

无理数

罗伯特坐在雪地中央他的旅行背包上。寒冷使他的四肢蜷缩在一起，雪一直下个不停。周围看不见一点灯光，看不见房子，看不见人。这俨然是一场暴风雪！天也黑下来了。如果天继续黑下去的话，就该说晚安了！他的手指头已完全麻木了。他甚至不知道自己是在什么地方。可能在北极？

冻得全身发紫的罗伯特绝望地试图拍打拍打身体暖和一下。他不会被冻僵的！就在这时，第二个罗伯特正非常舒适地坐在他的安乐椅上观看另一个打着哆嗦的罗伯特。这就是说，人们是可以自己梦见自己的了，他想。

这时，越来越大的雪花直向在外面寒冷中的另一个罗伯特的脸上打去，而真正的这个罗伯特坐在温暖的安乐椅上发现了一个问题——没有一片雪花与另一片雪花完全一样。这些大大的、软软的雪花都各不相同。大多数雪花都有六个角，并且闪闪发光。要是人们仔细观察的话，还会发现，雪花的图案是重复的：一个六角形的星星中又有一个六角形的星星，并且发着光，它们总是发着微弱的光而且不停地生长着，它们的尖角又向外产生另一个尖角。

这时，有一只手拍了一下罗伯特的肩膀，并且有一个非常熟悉的声音说道：“这些雪花很神奇吧？”

六角形的星星中有六角形的星星，它们发着光，它们总是发着微弱的光而且不停地生长着——这些雪花很神奇吧？

他正是数字魔鬼，就坐在罗伯特的后面。

“我现在是在哪里？”罗伯特问。

“等一下，我打开灯再说。”老人回答道。

突然，电灯一闪一闪地亮了起来，于是罗伯特才发现，他正坐在某个电影院里的一个很讲究的小放映厅里，里面有两排红色的配有软垫的安乐椅。

“一个私人放映厅，”数字魔鬼说，“专门为你准备的！”

“我想起来了，我好像是被冻僵了呀。”罗伯特说。

“那仅仅是在电影里。在这里，我给你带来了一样东西。”

这一次不是光秃秃的计算器了。这东西既不是绿色的也不是胶冻状的，更不像沙发那么大，而是一个银灰色的带屏幕的东西，人们还可以在上面打字。

“一台计算机。”罗伯特说。

“是的，”老人说，“一种笔记本电脑。所有东西，只要是你键入的，它就会显示在你前面的墙上。另外，你也可以用鼠标直接在银幕上画画儿。如果你感兴趣的话，我们现在就开始吧。”

“只要没有暴风雪就好！算算数字总比在北极挨冻要好。”

“可以键入几个斐波那契数字吗？”

“你就知道你的斐波那契！”罗伯特说，“它真是你的特殊的学徒吗？”

罗伯特开始键入数字，于是银幕上出现了一组斐波那契数字：

1,1,2,3,5,8,13,21,34,55,89···

“现在试着除它们，”数字魔鬼说，“就是它们紧挨着的两个数，用大的除以小的。”

“好。”罗伯特回答说。于是他不停地打字，不停地打。后来他十分好奇地把打在银幕上的数读了出来：

1÷1 = 1
2÷1 = 2
3÷2 = 1.5
5÷3 = 1.6666666666…
8÷5 = 1.6
13÷8 = 1.625
21÷13 = 1.615384615…
34÷21 = 1.619047619…
55÷34 = 1.617647059…
89÷55 = 1.618181818…

"真奇怪！"罗伯特说，"又出现同样的数字了，而且永远也停不下来。1和8转过来转过去，成了猫咬尾巴了。从其他数字看，这几个数字看上去已经完全没有理性了。"

"是这样的，但里面还有奥妙呢。"老人让他仔细考虑一下。

罗伯特考虑了一下，然后说："所有的这些数字都来来回回地摇摆不定。第二个比第一个大，第三个比第二个小，第四个又比第三个大一点点，依次这样类推下去，总是上上下下变化不定。但是，这些数字越长，它们波动的幅度就越小。"

"完全是这样。如果你拿到的斐波那契数字越来越大的话，它除出来的数就会越来越接近不大不小的数字，更确切地说比如：

1.618 033 989…

但你千万不要认为这就是事情的结局了，因为它的得数是一个无理性的数，是永远不会停止的。你将越来越多地接触到斐波那契数，但你也可以计算它们，多少都行，只要你愿意，但你永远也达不到一个整数。”

“知道了，”罗伯特说，“斐波那契比人们说的还要难。但它们为什么总是围绕这个特殊的数字晃来晃去呢？”

“特殊的？”老人说，“它根本不是特殊的数字。它存在于大家之中。”

“你说的‘大家’指的是什么？”

“这就是说，围绕特殊数字转的不一定都是斐波那契数。我们就拿两个完全一般的数字来说吧。告诉我你想起的前两个数。”

“17和11。”罗伯特说。

“好。然后请把它们两个加起来。”

“这我在脑子里就能算出来，28。”

“太好了。我在银幕上告诉你，怎样进行下去。”

$$11+17=28$$
$$17+28=45$$
$$28+45=73$$
$$45+73=118$$
$$73+118=191$$
$$118+191=309$$

“我不明白，”罗伯特说，“这是干什么？”

“我们打上去的这些数，与我们做过的斐波那契数列有关。分一下。除！尽管试一试。”

紧接着，银幕上出现了罗伯特键入的数字，它们看上去像下面这个样子：

$$17 \div 11 = 1.545\,454\cdots$$
$$28 \div 17 = 1.647\,058\cdots$$
$$45 \div 28 = 1.607\,142\cdots$$
$$73 \div 45 = 1.622\,222\cdots$$
$$118 \div 73 = 1.616\,438\cdots$$
$$191 \div 118 = 1.618\,644\cdots$$
$$309 \div 191 = 1.617\,801\cdots$$

“这完全是一些无理性的数，”罗伯特说，“我什么也领会不出。它们存在于所有的数字之中吗？它们确实经常起作用吗？它们总是以两个任意X数开头吗？我随便选一个行吗？”

“当然，”老人说，“另外，倘若你感兴趣的话，我告诉你，什么是1.618…仅此而已，没有别的意思。”说着，银幕上出现了一些令人讨厌的东西：

$$1.618\cdots = 1+\cfrac{1}{1+\cfrac{1}{1+\cfrac{1}{1+\cfrac{1}{1+\cfrac{1}{1+\cfrac{1}{\cdots}}}}}}$$

“分数。”罗伯特喊道，“特别可恶的分数，把人家的眼睛都看疼了，而且根本就没有要停下来的意思！我恨分数。博克尔博士喜欢它们，他总是不停地用它们来折磨我们。请别再让这个怪物纠缠我啦。”

“不要惊慌失措嘛。这不过是个连分数而已。不过，它却非常了不起地从一大堆越来越小于1的数字中引出了我们的无理性的数1.618…你能放弃它吗？”

“你可以讲所有你愿意讲的东西，但千万别用分数来折磨我，特别是那些没有线的分数。”

“那好吧，罗伯特。下面，我只想让你感到惊奇一下而已。如果连分数打扰了你的话，我们干吗不做点别的什么东西呢？我现在就给你画一个五角形：

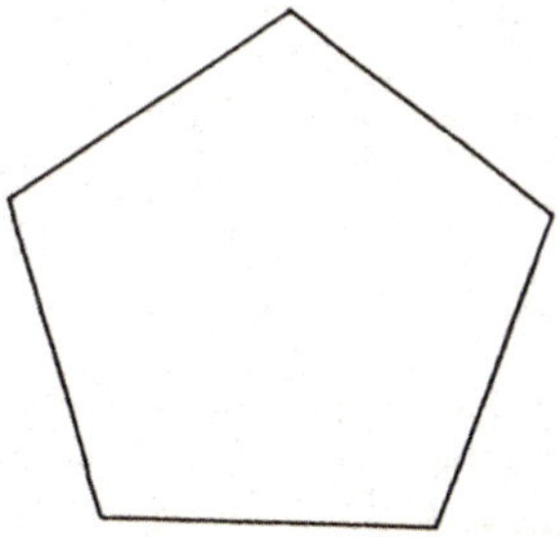

这个五角形的每一条边的边长是1。”

“1是什么东西？”罗伯特马上问道，“1米，1厘米，或者是多少米？要不要我去量一量？”

“这完全无所谓嘛。”

老人现在又有点发火儿了。

“我们直截了当地说吧，五角形的每一条边正好是1克王长。这完全可以由我们两个约定，是不是？你同意吗？”

“那好吧，我没意见。”

“现在我在五角形里面画一个红色的星：

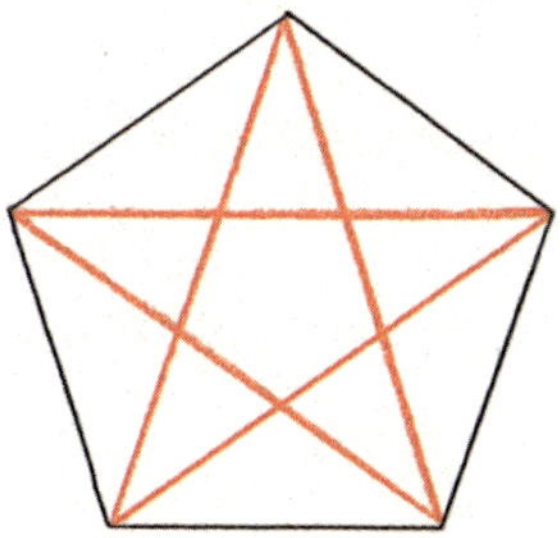

红色的星由五条红色的线构成。请你从这五条线中抽出任意一条来，我可以告诉你，它有多长。它正好是1.618…克王长，一点不多，一点不少。”

“这真叫人不可思议！完全是妖术！”

这给罗伯特留下了很深的印象。数字魔鬼迎合着他微笑着。

“哦，”他说，“而且这个五角星的边还都不一样长。请注意，现在我们就拿这个五角星说话，并且量一下两条红色的线段，就是我标上A和B的线段。”

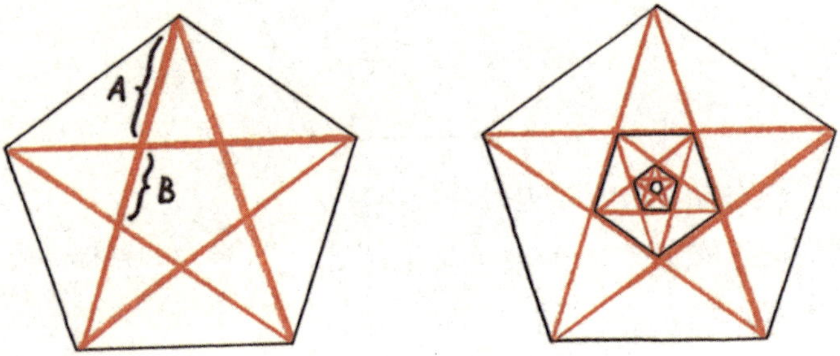

“A比B长一点。”罗伯特肯定地说。

“我最好马上告诉你，它到底长多少，免得你又要绞尽脑汁了。A正好是1.618…长，也就是B长度的1.618…倍。另外，我们仍然可以继续做下去，你已经知道了，那就是没完没了啦，因为我们的五角星特别像你刚才看到的雪花：在红色的五角星中又有黑色的五角星，而且在黑色的五角星中又有红色的五角星，余下的可以类推下去。”

“那么，这种可恶的无理性的数经常出现吗？”罗伯特问。

“你这么问，说明你还没有完全感到厌倦。”

“我根本就不厌倦它，”罗伯特竭力表明自己的观点，“只是它有点让人紧张！”

“下面再把你的笔记本电脑拿出来。键入这个可恶的数，我一边说，你一边键入：

1.618 033 989…

好。现在你把它减去0.5：

1.618 033 989...-0.5
=1.118 033 989...

再把它加倍，也就是乘以2：

1.118 033 989...×2
=2.236 067 978...

好，那么现在把得出的结果进行蹦蹦跳。你自己把它相乘起来。针对这样的运算，键盘上专门有一个键，上面写着X^2。”

$$2.236067978...^2=5.000\ 000\ 000$$

“5，”罗伯特喊道，“这完全不可能呀！为什么得数是5呢？正好是5？”

“唉，”数字魔鬼津津有味地说，“现在我们又有一个五角星了，而且里面还有一个锯齿形的红色的五角星。”

“这真是恶魔作怪。”罗伯特说。

“那么，现在我在我们的星星里做几个结。什么地方都算，只要是线段相互交叉的地方，我们都做一个结：

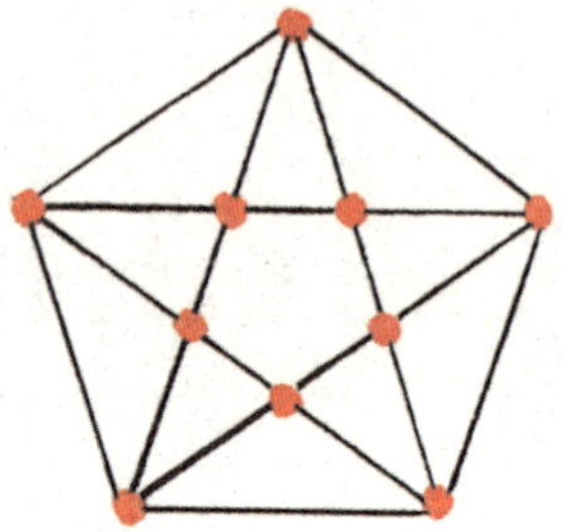

数一数，一共有多少个结？”

“10个。”罗伯特说。

“然后请数一下白色的面有多少个。”

罗伯特数的结果是11个。

“现在我们还需要线的数，所有的线，也就是由两个结相互连接的线。”

时间持续了一会儿，因为罗伯特数来数去，数得有点晕头转向了，但他终于数出来了，一共是多少呢：20条。

“十分准确，”老人说，“那么，现在我给你演算一下：

$$10 + 11 - 20 = 1$$
$$(K + F - L = 1)$$

如果你把结和面加起来，然后，减去线的数，就等于1。”

“那是为什么？”

“你也许会想，这只有我们的五角星才可以这样。不！开个玩笑。这个玩笑的意思是，‘1’总是经常出现，非常随便，你拿到的新图形中就有‘1’。它可是非常复杂，并且没有什么规律，它想怎么样就怎么样。试一下，上去画一画，你都已经看见了。”

他把笔记本电脑放在罗伯特的面前，于是罗伯特用鼠标在银幕上画了起来。

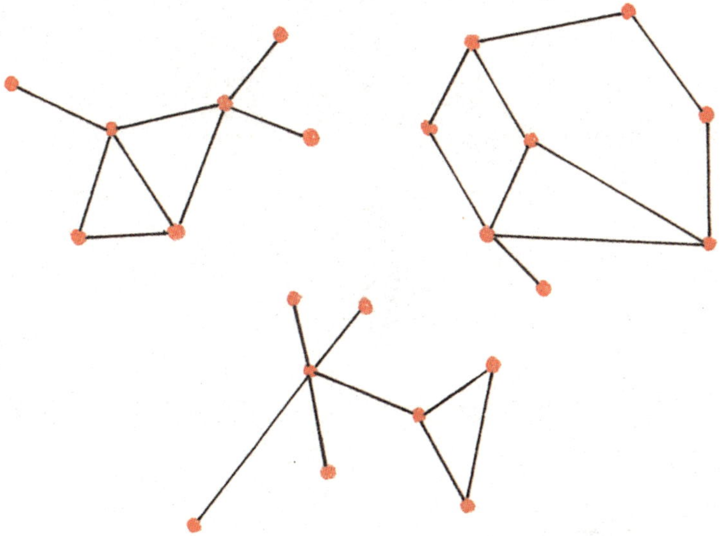

“你不用费劲了，”老人说，“我已经全部计算出来了，第一个图形有7个结，2个面，8条线，其算式是7+2－8=1。第二个图形是8+3–10=1。第三个图形是8+1–8=1。总是同一个‘1’！

“另外，这个算式不仅适合平面的图形，而且也适合正方体，或者棱锥体，或者雕琢过的金刚石体。只是得出的结果不是1，而是2。”

“那我想看看。”

“这里，这个，现在你在银幕上看到的这个图形是棱锥体。”

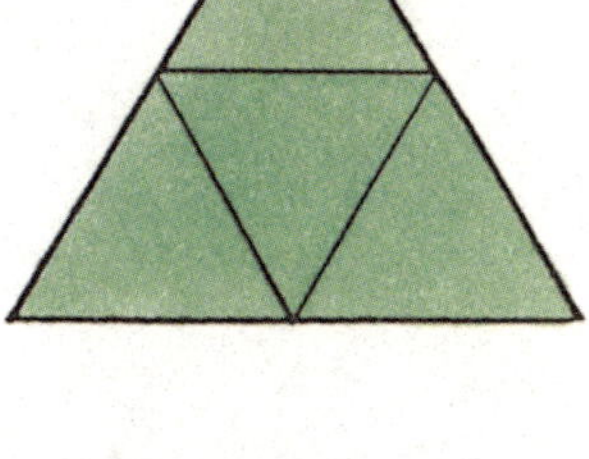

“这绝不是棱锥体，”罗伯特说，“这是几个三角形。”

“是的，但是你如果把这个东西剪开，再把它折叠起来，看它是一个什么样的图形？”

转眼间，银幕上出现了一个折叠起来的图形，而且完全没有破裂和剪开的痕迹。

“那么下面的几个图形你可以自己做。”老人说着就在银幕上画了几个不同的图形。

“如果我没搞错的话，”罗伯特说，“现在我已经把它们完全做

成别的模型了。第一个图形是正方体，要是人们把它剪开，再用胶水粘起来的话。至于其他两个？”

“其他两个东西也会有结果的：其中的一个是一种双棱锥体，它的一个尖朝上，一个尖朝下，另一个几乎是球状的东西，它由二十个完全一样的三角形组成。

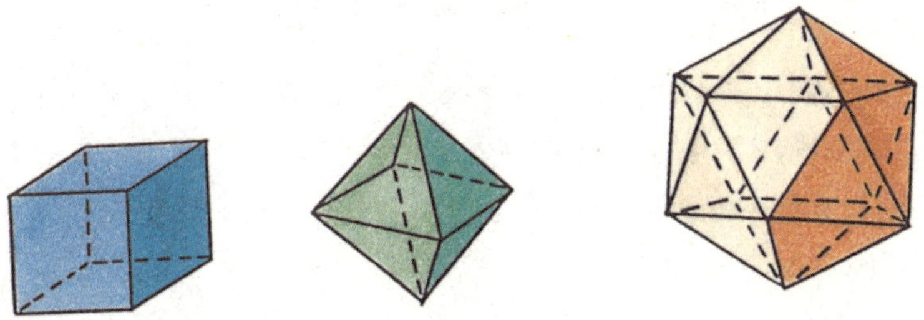

“那么，甚至一个由清一色的五角形组成的球体你也可以做出来。五角形可是我们最喜欢的图形呀。你看，画在纸上就是下面这个样子：

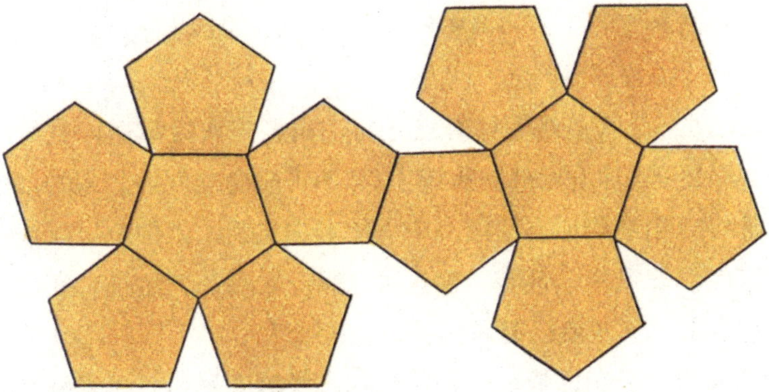

接下来，如果你把它粘在一起的话，就是下面这个样子了。”

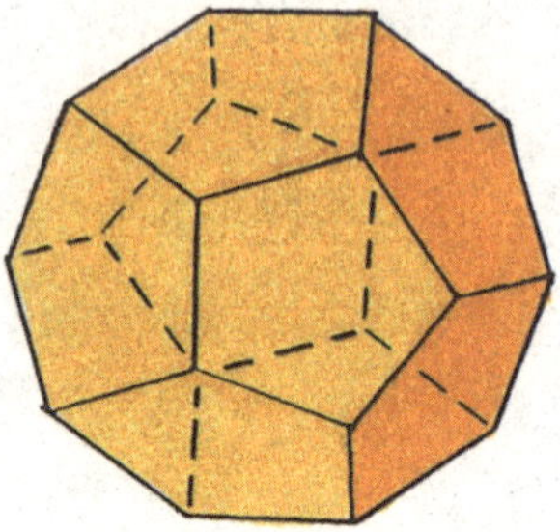

“真不赖，”罗伯特说，“也许我一下子就能拼起这个东西来。”

“请别现在。现在我想最好还是回到我们那个有结、有线和有面的图形上玩一玩。我们首先拿正方体来说，正方体可以说是一个最简单的立体图形。”

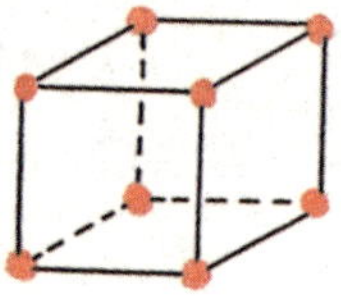

罗伯特数了一下，一共有8个结，6个面，12条线。

“8+6−12=2。”他说。

“总是2！这东西同样有点儿邪，或者叫人摸不透，它得出的结果总是2。点加上面减去线等于2。不可改变的规则。是的，亲爱的。你可以用纸给你自己做一个立体形的实物。但你也可以数一数你母亲的钻石戒指。甚至，你也可以数一数雪花，不过，在你还没有数完之前，雪花就已经融化了。”

老人的声音在说最后一句话时就已经越来越弱，越来越软绵绵的了。小放映厅暗了下来，于是银幕上又开始下起雪来了。但罗伯特并没有感到害怕。他知道，他是坐在一个温暖的放映厅里的，在那里人们是不会冻坏的，而现在他的眼前越来越亮，越来越亮了。

当他醒来的时候才发现，他不是睡在屋顶上悬挂下来的雪檐下，而是睡在他的厚厚的雪白的被子里。被子上没有点和小黑线，也根本没有真正的面，五角星就更没有了。当然，那台美丽的银灰色的计算机也消失了。

他还知道那个可恶的数吗？ 1.618…下面是多少呢？可他只记得这么多了，剩下的没完没了的余数他全给忘了。

谁要是有耐性，并且会使用剪子和胶水，不妨自己动手试一试，看看人们是如何按照前几页讲的三角形、四角形和五角形的模型做出来的，当然，你们要先画一个对接搭板，这主要是为了更好地把剪下的图形粘起来。

如果大家做完了这几个模型后，对这件事还没有感到腻烦的话，还有一个特别精细的制作在等着你们，你们完全可以自己做出来。但有一点要强调的是，如果你们确实有耐性和完全认真的话，可以继续做下去。你们准备一大张上浆的纸(至少35厘米×20厘米)，但不是硬纸板，在上面尽可能地按照147页上的样子准确地描摹下来：所有三角形的每一条边都必须完全一样长。多长，由你们自己决定，最好是3厘米，或4厘米(或1克王长)。然后，你们把这个图形剪下来。你们借助直尺把红色的线往前折，蓝色的线往后折。然后，你们把这个东西粘起来：首先将对接搭板B与三角形b粘起来，然后再将对接搭板C与三角形c粘起来，余下类推，但最后要将对接搭板A与三角形a粘起来。粘起来后的东西是什么样的呢？是一个由十个小棱锥体组成的十分古怪的戒指，你可以向前，也可以向后转动它（一定要小心），但你不论向前还是向后转，反复出现在你面前的却是一个新的五角形和一个五角星。另外，给你们出个主意，如果你们把它的点（或者角K）、面（F）和线（L）数一数，并计算一下，看结果是什么：

$$K+F-L=?$$

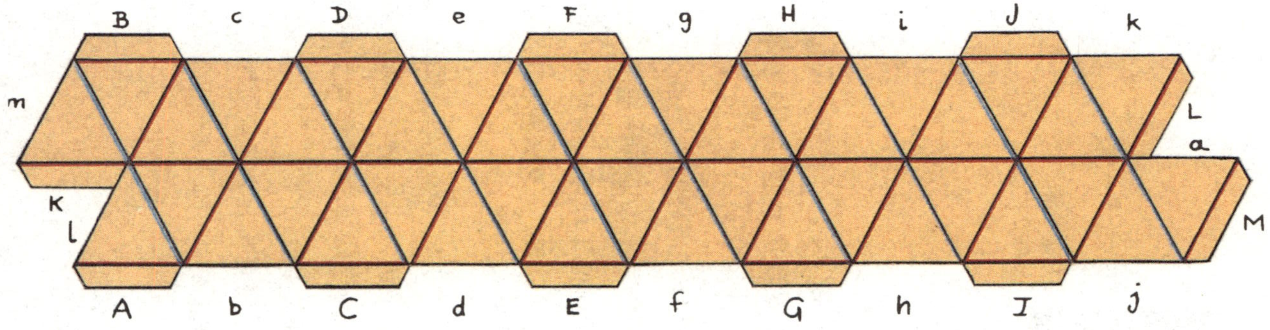
B
c
D
e
F
g
H
i
J
k
m
L
a
K
l
M
A
b
C
d
E
f
G
h
I
j

第十一夜
质数的论证

天马上就要黑下来了。罗伯特急急忙忙地穿过市中心，越过大街小巷，但他却不认识这些地方。他不停地奔跑着，能跑多快就跑多快，因为博克尔博士从后面追上来了。有时，博克尔博士离他很近，罗伯特能听见他在后面的急促的喘气声。“站住！”博克尔博士喊道。而罗伯特仍然不停地加快速度，一心想摆脱他。他一点都不知道，博克尔想让他干什么，而且他为什么要在博克尔博士前面跑。“他永远也追不上我，”罗伯特心里只有这一个念头，“因为他比我胖得多得多！”

但当他来到下一个十字路口时，他又看到一个博克尔博士从左边向他跑来。于是他越过十字路口飞奔起来，尽管此时红灯已经亮了，而且这时他只听到身后不停传来的呼喊声：“罗伯特，尽管停下来！我们认为你是最好的学生。”

现在，远处已经有四五个博克尔博士向他跑来。这还不算，这时从旁边的大街上还在不停跑出来新的博克尔博士，他们长得与追赶他的博克尔博士一模一样。更可气的是，他们都从前面向他跑过来。

罗伯特呼喊着救命。

一只瘦骨嶙峋的手抓住了他，并且从大街上一直把他拖到了一个狭小的夹道里。谢天谢地！原来是数字魔鬼，他压低声音说：“过来！我知道一个私人电梯，它能到最高层。”

电梯的四面墙都装上了镜子，于是罗伯特看到他面前有没完没了的数字魔鬼和按照罗伯特本人复制的小罗伯特，我不过是他们中间的一个而已，他想，我何曾与这么多罗伯特交往过呢？

但无论如何，在大街上博克尔博士的呼喊声已听不见了。转眼间，罗伯特和数字魔鬼已到了第五十层。电梯门无声地打开了，于是他们走出了电梯，来到一个美丽的屋顶花园里。

“这全都是我的梦。”当他们在好莱坞式秋千上坐下来时，罗伯特说。

在下面的大街上，他们可以看到一群人，从上往下看，这群人小得就像蚂蚁似的。

“我一点也不知道，这个世界上怎么有这么多博克尔博士。”

“这倒没什么关系。反正你用不着再害怕他们了。”老人肯定地说。

“这也许只有在梦里才会出现，”罗伯特嘟囔着说，“要不是你及时赶到，我也许还不知道这又是在梦里。”

“我不是来了吗？所以说，在这里完全没有人来打扰我们。那么，你说干什么吧？”

“整个一周，从最后一次起，我一直在考虑，能不能从头至尾连贯地讲一讲你教给我的东西。是的，你教给我一大堆东西，什么绝招，什么窍门儿，这都是对的。但我问自己：为什么？这些绝招为什么会得出那样一个结果，这个结果是怎么得出来的？例如那个可恶的数？后来的5 ？为什么兔子的所作所为，一切都说明，它们好像知道什么是斐波那契数字？为什么无理性的数永远停不下来？最神的是，为什么你说的结果总是对的？”

“啊，”数字魔鬼说，“原来是这样。你不仅仅想摆弄数字，你还想知道数字包含的是什么，游戏规则是什么，数字的全部意义是

“我一点也不知道，这个世界上怎么有这么多博克尔博士。”罗伯特说。
“反正你用不着再害怕他们了。”老人肯定地说。

什么，一句话，你提出的这些问题，完全像一个真正的数学家提出的问题。”

“数学家，有时候像，有时候不像。你基本上都是给我讲东西，但却不去论证它。”

“是的，”数字魔鬼说，“这还得请你原谅，但事情还是要说清楚：讲东西容易，而且也很开心。推测一点东西也还行。检验一下推测的东西是否正确，做得也还不错。对于这一点我们每次做得的确够了。只是遗憾的是，我们在这一点上对所有东西的检验做得还不够。重要的是论证，甚至你现在就想把所有的东西都论证一遍。”

“是想这样。因为你给我讲的东西，有一些我觉得没有下文。但在另一些事情上，我又抓不住它是怎样进行的，为什么，怎么回事。”

“总而言之，你不满意。这很好。你是否认为，一个数字魔鬼，就像我吧，他每次都对他的发明感到满意吗？不，绝不。因此，我们经常对新的论证绞尽脑汁。这就是永恒不朽的苦思冥想、钻研和思索。然而，一旦我们最终看到一线光明时——这已持续很长很长时间了，我们都会高兴地欢呼雀跃。在数学领域，一百年很快就会过去。”

“你太夸张了吧？论证不会这么难吧？”

“你不懂。尽管你对事情有不切实际的想象，似乎明白了一些事情，下面发生的事情会使你的眼睛突然一亮，并且你会认识到，事情并不那么简单。”

“例如？”

“你也许还能想起来，你了解蹦蹦跳的过程。这只是因为你感到容易，就是从2到2×2，从2×2到$2\times2\times2$。”

“那当然。2^1，2^2，2^3，可依次延续下去。非常简单。”

“是的，但如果你零次蹦蹦跳，结果是怎样呢？即1^0，8^0或10^0。

你知道，它们等于多少吗？要不要我告诉你？我一旦告诉你，你一定感到好笑，它们总是等于1。”

$$1^0=1,\ 8^0=1,\ 100^0=1$$

“怎么会这样呢？”罗伯特吃惊地问道。

“最好不要问！我可以给你论证，要是我开始论证的话，你也许会觉得——也许会认为不合情理。”

“试一试嘛。”罗伯特不高兴地说。

但是，数字魔鬼却使自己保持了镇静。

“你是否尝试过，”他问，“横渡一条湍急的河流？”

“我会游泳，”罗伯特说，“而且还游得不错呢！”

“游泳不行，因为急流会很快把你冲走，要是河中央放着一些大石块，那你怎么办？”

“我会寻找相互之间离得最近的石块，然后从一个石块上跳到另一个石块上。如果我幸运的话，就会过去。如果不行的话，我就停在那里不动。”

“这就完全等于论证了。因为几千年来，我们已经试过所有过河的可能性了，你就不需要再从头开始了。河里已经放好了许多的石块，对它们你尽可放心。它们已经被试验过上百万次了。它们一点都不滑溜，也不下沉，我们向你保证，所有的踏板都是坚固的。如果你有新的想法和猜测的话，你就去寻找下一个坚固的石块。如果你能站到下一个石块上，你就可以不停地跳下去，一直到达坚固的河对岸。如果你始终小心的话，你的两脚就不会被河水打湿。”

“啊哈。”罗伯特说，“你说了半天，但在数字或五角星或蹦蹦跳中哪里有坚固的河岸？能不能告诉我？”

“问题提得好。”数字魔鬼说，“河岸，它不过是一个定律，十分简单，没有比它更简单的了。如果你到了对岸，就结束了。这就是论证。”

“那么，定律是干什么的呢？”

“嗯，例如这个：每一个普通的数字，随便一个，如十四亿或一百四十亿中，有一个，只有一个后继数，于是你发现了它，并把它看作‘1’加进去。或者这么说吧：一个点是不能分的，因为它没有可属性。换句话说：你通过一个平面上的两个点，就可以拉一条唯一的直线，而且这条直线可沿两个方向无限地延伸下去。”

“我看出来了，”罗伯特说，“这么说，从你的这些定律看，如果你继续跳的话，就会一直跳到那个可恶的数或斐波那契里面去，对吧？”

“基本对。确切地说，还可以继续跳到许多数。只是你每跳一步时都必须十分小心，这完全跟横渡湍急的河流一样。有的石头之间的距离较远，你在跳跃时，不可能从一个石头上跳到另一个石头上。如果你在这时试图选择一下的话，那你已经掉到水里了。你在走路时常常走许多弯路，围着某个街口转圈，而且往往是根本走不出去。然后你也许突然有一个特有把握的选择，但你如何能事先知道它是否能走出去呢？或者说，结果表明，你出的好主意并不是好主意。你还记得我在刚开始时给你讲过的知识吗？人们是如何用魔术从‘1’中变出1，2，3，4等数字的吗？

$$1 \times 1 = 1$$
$$11 \times 11 = 121$$
$$111 \times 111 = 12321$$
$$1111 \times 1111 = 1234321$$

“你每跳一步都必须十分小心，”数字魔鬼说，“石块之间的相互距离较远。只要你一跳，就会掉在水里。”

这个方法完全可以使人看得出来，人们按照这个方法可以永远地做下去。”

“是的，我还记得，当我说算不出来时，你就有点发火儿了。嗯，尽管我只说了那么一句，就引得你发火儿了，那是因为我确实对此一窍不通嘛。”

“尽管如此，你当时还是识破了我的诡计，我们还不是不停地继续做下去嘛。实际上我在做到

1 111 111 111 × 1 111 111 111

时，就已经掉进水里了：原来是这个数突然得出的结果仍然还是数字色拉。你明白了吗？诡计看来很容易被识破，也很容易发挥作用，但最后它一点也帮不了所有其他没有论证的东西。

“你看，这不是又有一个精明机智的数字魔鬼在失算面前没有把握住掉进水里了吗？我想起一个人，他叫约翰尼·冯·蒙德，他有一个特别好的主意。他把过河的可能性变成数字带进了一个公式，并且认为他这个公式应该可以永远除尽被带进的数。然后，这个疯子把带进的数试验了十亿五千万次，而且每一次的计算都正确无误。他用他的巨型计算机一直算到半死，他的这个计算机算出的结果比我们的可恶的1.618…要精确得多得多，结果当然使他确信无疑，被带进这个公式的数还是可以不断地进行下去。于是，这位好样儿的约翰尼对自己得出的结论感到很满意。

时间过了没多久，来了另外一个数字魔鬼——名字我忘了，他验算的结果更准确，更进一步，那么他证实的结果是什么呢？他认为约翰尼·冯·蒙德搞错了，而他创造的神奇的公式几乎每一次都是正确的，但并不是每一次都是圆满的。非常接近了，但还是没有得出整数！唉，这位可怜的数字魔鬼还是运气不好。顺便提一下，他们所做的这一切全都涉及质数问题。质数的论证可不是那么好办的，这是我可以告诉你的。论证这个东西，是一件极其困难的事情。"

"我也感觉到了，"罗伯特说，"即使涉及小小的'8'字形烘饼的问题的话，甚至也是这样。比如博克尔博士，如果他针对如何如何多的面包师做出如何如何多的他的永恒的'8'字形烘饼为什么持续如何如何多的小时喋喋不休的话，那才真让人神经受不了呢，而且他的'8'字形烘饼早就不如你的魔术绝招吸引人了。"

"我觉得，你冤枉他了。你的博克尔博士天天为你们的课堂作业操劳，而且他不可以像我们一样研究从一个石块跳到另一个石块的问题，这是因为他没有这个教学计划，他不能简单地完全按照个人的兴趣行事。我很同情他，这个可怜的人，另外我还觉得，他现在已经回到家了，正在改作业。"

罗伯特向下面的大街瞥了一眼，原来，下面一切都平静下来了，而且空荡荡的，一个人影也没有。

"我们中间的一些人，"数字魔鬼说，"干的工作比你的博克尔博士干的工作要重得多。比如我的一位老同事，就是英国著名的劳尔德·吕塞尔（现实中的英国数学家伯特兰·罗素），他曾经坚决要论证为什么1+1=2。在这里，在我手头上的这张纸上记录的就是他论证的步骤。"

$*54\cdot42.\ \vdash :: \alpha\in 2 . \supset :. \beta\subset\alpha . \,!\beta . \beta\neq\alpha . \equiv . \beta\in\iota``\alpha$

Dem.

$\vdash . *54\cdot4 . \supset\vdash :: \alpha=\iota`x\cup\iota`y . \supset :.$

$\beta\subset\alpha . \exists!\beta . \equiv : \beta=\Lambda . \vee . \beta=\iota`x . \vee . \beta=\iota`y . \vee . \beta=\alpha : \exists!\beta$

$[*24\cdot53\cdot56 . *51\cdot161] \quad \equiv : \beta=\iota`x . \vee . \beta=\iota`y . \vee . \beta=\alpha \quad (1)$

$\vdash . *54\cdot25 . \mathrm{Transp} . *52\cdot22 . \supset\vdash : x\neq y . \supset . \iota`x\cup\iota`y\neq\iota`x . \iota`x\cup\iota`y\neq\iota`y$

$[*13\cdot12] \supset\vdash : \alpha=\iota`x\cup\iota`y . x\neq y . \supset . \alpha\neq\iota`x . \alpha\neq\iota`y \quad (2)$

$\vdash . (1) . (2) . \supset\vdash :: \alpha=\iota`x\cup\iota`y . x\neq y . \supset :.$

$\beta\subset\alpha . \exists!\beta . \beta\neq\alpha . \equiv : \beta=\iota`x . \vee . \beta=\iota`y :$

$[*51\cdot235] \quad \equiv : (\exists z) . z\in\alpha . \beta=\iota`z :$

$[*37\cdot6] \quad \equiv : \beta\in\iota``\alpha \quad (3)$

$\vdash . (3) . *11\cdot11\cdot35 . *54\cdot101 . \supset\vdash . \mathrm{Prop}.$

$*54\cdot43.\ \vdash :. \alpha,\beta\in 1 . \supset : \alpha\cap\beta=\Lambda . \equiv . \alpha\cup\beta\in 2$

Dem.

$\vdash . *54\cdot26 . \supset\vdash :. \alpha=\iota`x . \beta=\iota`y . \supset : \alpha\cup\beta\in 2 . \equiv x\neq y .$

$[*51\cdot231] \quad \equiv . \iota`x\cap\iota`y=\Lambda .$

$[*13\cdot12] \quad \equiv . \alpha\cap\beta=\Lambda \quad (1)$

$\vdash . (1) . *11\cdot11\cdot35 . \supset$

$\vdash :. (\exists x,y) . \alpha=\iota`x . \beta=\iota`y . \supset : \alpha\cup\beta\in 2 .$

$\equiv . \alpha\cap\beta=\Lambda \quad (2)$

$\vdash . (2) . *11\cdot54 . *52\cdot1 . \supset\vdash . \mathrm{Prop}.$

“呸！”罗伯特摇着头说，“这真让人恶心！研究整数干什么用？1+1=2，连我都知道。”

“是的，劳尔德·吕塞尔也明白，但他只是想更详细地知道为什么1+1=2。你看他要把它研究到什么地步去。另外，这里面还存在着一大堆问题，它们看上去几乎像1+1=2那样简单，但实则不然，要解决这些问题，真是令人吃惊地困难。再比如环游问题。你去美国，在那里你有二十五个朋友，没想到吧。每个朋友都住在不同的城市里，而你想看他们所有的人。现在你面前有一张地图，你考虑的问题是，如何做得最好。尽可能走更少的路，因为你没有许多时间，汽车没有许多汽油。什么是最短的路线？你如何把这件事干得最漂亮？这事听起来却十分简单，不是吗？但我可以告诉你，许多人对这个问题早已费尽心思但仍办不好。有许多诡计多端的数字魔鬼都曾试图解决这个难题，然而还没有一个人办到。”

“怎么会这样呢？”罗伯特惊奇地说，“这不会那么难吧？我要考虑的是，它有多少个可能性。我把它画在我的地图上，然后我计算一下，哪些是最短的路线。”

“对，”老人说，“也就是说，你搞一个有二十五个结的网络。”

“那当然。如果我想访问两个朋友的话，就画一条线，从A到B。”

“两个。那你还得回来，从B到A。”

“从原路回来，”罗伯特说，“如果访问三个朋友呢？”

“那就有六种可能性：

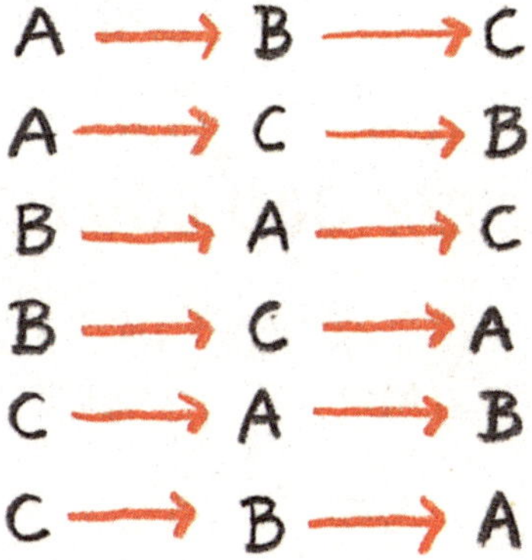

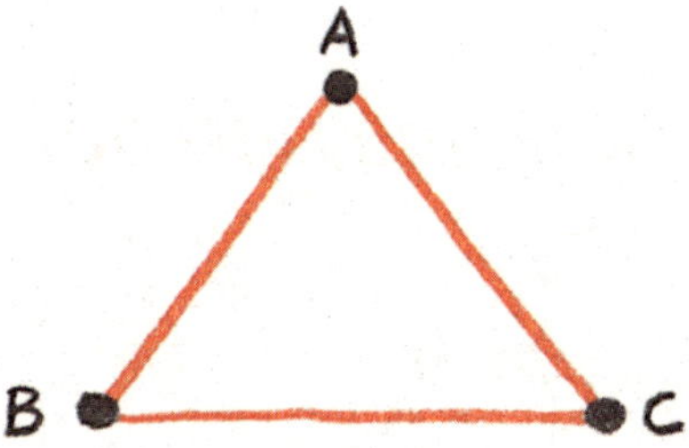

顺便提一下，这些线都一样长。但要访问四个朋友的话，就要开始面临选择的烦恼了。”

“是的，”罗伯特说，“但我没有兴趣去数所有的线。”

“正好是二十四根，”数字魔鬼说，“我担心，这跟你们班的排座位很相似。你是知道的，当时，阿尔贝特、贝提娜和查理等人搞得乱七八糟，那是因为里面有许多可能性，就像你们排座位一样。”

“这还用问！”罗伯特知道是怎么回事了，“三个学生有三个碰碰撞！四个学生有四个碰碰撞！余下类推。”

“跟你的环游旅行一模一样。”

“那么，这个不可解决的问题在什么地方呢？我只需要计算一下，它有多少条线，而且我从中找出最短的来。”

“哈！”老人说，“如果要是那么简单就好啦。可二十五个朋友就已经有二十五种可能性了，这个数是一个非常可怕的数。大概是：

1 600 000 000 000 000 000 000 000 000

你不可能对所有的可能性都进行一次试验和验证，它们中的哪一些是最短的。就连最大的计算机——就算有的话——你也永远算不到头。”

“也就是说，一句话，这是行不通的啦？”

“这完全要看事情的发展。对于这件事我们早就伤透脑筋了。最精明的数字魔鬼已经试过了所有的绝招，而他们取得的结果是，有时候行，有时候不行。”

“太遗憾了，”罗伯特说，“如果仅仅是有时候行，那也算是半件好事了。”

“而且还有一个糟糕的事情是，我们还没有一次有效地论证出它没有完美的答案。也就是说，没有答案也许已经就是答案了。后来，我们根本不再需要去继续寻找答案了。后来我们似乎至少论证了它没有结论，而没有结论的论证最终也是一种论证。”

“咦，”罗伯特说，“数字魔鬼也有不行的时候。这对我却是一个安慰，我一直认为，你们会变魔术，只要你们愿意，什么都能变。”

“这不过是表面现象。你认为我一定有几次没能从河上过去吧？如果我能穿着干松松的鞋重新回到原来的河岸，我就已经高兴得不得了啦。我的确不是想说我是最伟大的。但对于数字魔鬼中的大师来说也没有别的好办法，其中有几个人也许你还认识。这也就是说，数学永远没有个完。幸亏人们都是这样说的。数学总是叫人忙个不停，我亲爱的罗伯特。因此你现在一定要原谅我，也就是说，我明天一早还要对多胞形表面单纯形算法的……”

“什么是多胞形表面单纯形算法？”罗伯特问。

“就是一种最佳形态，将乱七八糟的东西理出头绪来。因此我要好好地睡上一觉。我上床去了。晚安！”

数字魔鬼消失了。他所坐的好莱坞式秋千，还在小声地荡来荡去。这个多胞形又是什么呢？完全是老一套，罗伯特想。不管怎样，我不必再害怕博克尔博士了。如果他再从后面追来的话，数字魔鬼一定会帮我摆脱困境的。

这是一个温暖的夜，舒适的夜，罗伯特梦见自己在屋顶花园做了一个梦。他只顾着荡秋千，什么也不再想了，就这样他一直睡到大天亮。

第十二夜

漫游数字天堂

罗伯特不再做梦了。没有巨大的鱼想吞掉他了，没有蚂蚁从他腿上往上爬了，博克尔博士和他的许多许多长得一模一样的人也不再折腾他了。他不再往下滑了，他不再被关进地洞里了，他不再挨冻了。一句话，他睡觉从来也没有像现在这样香甜过。

这一切都太美了，但时间一长也显得有些无聊了。那个数字魔鬼干什么去了呢？也许他又有一个好主意，但还没有论证出来？或者他正在抓住多胞形表面单纯形算法的难题不放呢！他把它叫作什么不值钱的东西，这是他最后说的！

说到底，他真的轻易地把罗伯特给忘了吗？

在梦外也许是这样。罗伯特对这些想法根本不感兴趣。使他母亲感到惊奇的是，他整小时整小时地坐在花园里不停地往纸上画那些结和网。他是想尽快找到如何按照最简单的排列顺序去访问所有实际不存在的美国朋友。

“最好去做你的家庭作业，然后再画。”

有一次，博克尔博士在数学课上抓到了他，他马上将一张纸藏到了凳子的下面。

“你在干什么，罗伯特？拿出来！”

可罗伯特那时已将画着五颜六色的大数字三角形搓成一个小球扔给了查理。他信得过查理。他不会让博克尔博士知道罗伯特的秘密。

一天夜里，罗伯特又睡得很甜，并且也没做梦，他根本就没有意识到有人使劲敲他的门。

“罗伯特！罗伯特！”

过了好一会儿，他才醒来。他从床上爬起来，打开了门，原来是数字魔鬼。

“怎么是你呀？”罗伯特说，“我早就想你了。”

“快，”老人说，“跟我来！我给你搞到一张请帖。在这里！”

他从口袋里掏出一张用雕刻字体印制的带金边的卡片。罗伯特看了看（卡片内容见下页）。

签名是不认识的小圆圈和小曲线，看起来好像是波斯文或阿拉伯文。

罗伯特尽可能快地穿上了衣服。

“这么说，你叫特普洛塔克斯？你为什么不早告诉我呢？”

“只有知道内情的人，才能知道某个数字魔鬼叫什么。”老人回答说。

“那么我现在也属于知情人了？”

由使者转交！

特邀

罗伯特

Robert

数字魔鬼特普洛塔克斯的学生

Teplotaxl

今晚光临

在数字天堂的数字地狱

举行的盛大晚宴

秘书长

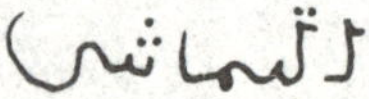

“基本是。否则你就不会受到邀请了。”

“那是！”罗伯特嘟囔着说，“那什么又叫‘在数字天堂的数字地狱’？不是在天堂，而是在地狱。”

“啊，你知道，数字皇宫、数字地狱、数字天堂——基本上都是一回事。”老人说。

他站在窗台上，并把窗户完全打开了。

“你都看到了。你穿完了没有？”

“完了！”罗伯特说。尽管他对整件事情仍然还感到有些害怕。

“那么，现在爬到我肩膀上来。”

罗伯特担心瘦弱的数字魔鬼驮不动他，因为他毕竟不是一个巨人。但他又不想不去。于是，你瞧！他刚一坐到老人的肩膀上，这位大师就向外跨了一大步，带着罗伯特飞起来了。

罗伯特刚一坐到老人的肩膀上，老人就带着他飞起来了。这事只有在梦中才能碰到。罗伯特心想。

这事只有在梦中才能碰到。罗伯特心想。

为什么不呢？一次没有发动机轰鸣的空中旅行，不用扣上安全带，没有笨手笨脚的乘务员，他们总是给你一个塑料玩具或一个画上颜色的图画本子，就好像人家才三岁似的——这回可真正好好地换换口味！经过一阵无声的飞行，数字魔鬼终于软绵绵地落在了一个大平台上。

“我们到了。”老人一边说一边把罗伯特从身上放下来。

他们站在一个宽大的富丽堂皇的宫殿前面，而且宫殿里还有亮光。

“不过我的请帖哪里去了？”罗伯特问，“我想，我把它落在家里了。”

“没关系，”老人安慰他说，“这里每一个人都可以进去，只要他的确想进去。但他必须知道，数字皇宫在什么地方。因此，很少有人找到这里。”

事实上，数字皇宫的大门永远是敞开着的，而且没有人迎接来访者。

他们走了进去，来到一个极为罕见的长长的并且带有许多许多门的走廊里。这些门的绝大多数都是半开着的，有的则是完全打开着的。

罗伯特向第一个房间投去了好奇的目光。特普洛塔克斯把食指放在嘴唇上，轻轻地嘘了一声。

坐在里面的是一位长满一头白发，长着长长鼻子的老人，他正在自言自语：“所有的英国人都是说谎者。但如果我也这么说的话，那我是什么呢？我本人毕竟也是英国人。这么说，我也说谎了。但我刚才说的也不一定对：所有的英国人都说谎。但如果他们说的是真的，那我刚才说的也是真的。这么说，我们大家都说谎了！”

当他自己跟自己来回嘟囔的时候，这位老人总是转着圈地小步奔跑着。数字魔鬼示意罗伯特，于是他们离开了这个房间。

“他就是可怜的劳尔德·吕塞尔。”这位陪同者向他的客人解释道，“你也许知道他，就是他论证了1+1=2。”

“他是否有点糊涂了？他好像不是一个令人感到惊奇的人。他就是一个特别老的老人。”

“你不要相信这些表面现象！这家伙可是一个感觉敏锐的人。另外，在这里什么叫老？劳尔德·吕塞尔在这所宫殿里是最年轻的一个。他还不到一百五十岁呢。”

“你在这个宫殿里是否还算年纪大的呢？”

“这个，你马上就会看到的。”特普洛塔克斯说，“在数字地狱里，也叫数字天堂，也就是说，人们是永远不会死的。”

他们来到另一个大敞着门的房间前。房间里蹲着一个人，他特别矮小，以至于罗伯特找了半天才发现他。

这个房间里摆满了奇奇怪怪的东西。其中的一对是玻璃制的特大“8”字形烘饼。博克尔博士对它们特感兴趣，罗伯特心想，虽然它们不能吃，虽然它们形状奇特。它们奇怪地缠绕在一起，并且有许多窟窿。而且还有一个绿色玻璃制成的瓶子摆在那里。

“你仔细看一看，”数字魔鬼悄悄告诉罗伯特，“对于这个瓶子，人们不知道它的内部是什么，外部是什么。”

罗伯特想：根本就没有这么一个瓶子。这样一个瓶子只有在梦中才有。

“我可以向你介绍一下，你要是把它的内部画成蓝色，外部画成红色的话，是不行的。也就是说，它没有一个边。你从来就搞不清，红色的边到什么地方为止，蓝色的边从什么地方开始。”

“那么，它就是那个小小先生发明的？他在属于自己的瓶子座位上显得很舒服嘛。”

“小声点儿！你知道他叫什么吗？克莱因博士（德国数学家费利克斯·克莱因）！来，我们继续往前走。”

他们走过了许多宽大的门。门上大都挂着一个纸板牌子，上面写着：请勿打扰！在一个敞得宽宽的与众不同的大门前，他们停了下来。房子的墙壁和家具都蒙上了一层薄薄的灰尘。

“这可不是一般的灰尘，”特普洛塔克斯说，“这种灰尘有许多小颗粒，人们可以数。而更令人发狂的是：如果你搞到其中像针尖大小那么多灰尘的话，你会发现，在这一丁点儿灰尘里却包含着这个房间的全部灰尘。顺便提到的就是格奥尔格·康托尔教授（德国数学家，集合论的创始者），他发现了这种灰尘。康托尔会拉丁文，人称歌唱家。确实人们经常听到，如这里的居民就常听到一位留着山羊胡子，长着一双被雕刻似的眼睛的先生自己跟自己唱道：‘无限乘以无限等于无限！’于是，他激动地转着圈地跳来跳去，‘超无限乘以无限等于超无限。’”

快点走吧，罗伯特想。

他的朋友很礼貌地敲响了下一个门，于是一个非常友好的声音说道：“进来！”

特普洛塔克斯说得是对的，这个宫殿的所有居民的年龄都特别大，数字魔鬼与他们相比就好像学徒似的。然而他们现在碰到的这两位白发老人，给人一种非常鲜明的印象。其中的一位长着一双大大的眼睛，戴着一顶假发。

“请进，我的先生们，我的名字叫奥伊勒（L.欧拉，瑞士数学家），这位是格罗斯（C.F.高斯，德国数学家）教授。”后面的那位看上去很严厉，他的眼睛离开稿纸时几乎是向上看了一下。罗伯特感到，他们的来访不特别受他的欢迎。

“我们正在聊着顶呱呱数的问题，”那位友好的奥伊勒说，“你们一定知道，这是一个非常有趣的课题。”

“是啊，”罗伯特说，“人们从来就不知道，对它们该怎么办。”

“你说得对。但借助我同事的帮助，我还是相信，总有一天，我们会识破它的诡计的。”

“那么，如果允许我问的话，格罗斯教授在干什么？”

但是，这位先生不打算透露格罗斯教授在思考什么问题。

“格罗斯教授在科学上做出了一项十分惊人的发现。他在从事一个全新的数字研究。你把它叫什么来着，亲爱的朋友？”

“i。”那位教授带着严厉的目光说，而且这就是他说的全部内容。

“这是一种虚构的数字。”特普洛塔克斯解释说，“请您原谅我们的打扰，亲爱的先生们。”

于是，他们继续往前走。他们看望了斐波那契，他的房间里挤满了兔子。然后他们又经过了许多房间，里面有印第安人、阿拉伯人、波斯人和印度人在工作、闲聊、睡觉，而且他们越往前走，看到的居住者的年龄就越大。

“这一位，看上去像一个邦长，”特普洛塔克斯说，“他至少有两千岁了。”

他们经过的房间越来越大，越来越华丽，直至老人和罗伯特最后来到一座独特的神庙前。

“我们现在不能再往前走了，”罗伯特的陪同者说，“那个穿白衣服的人是个非常重要的人物，像我这样的小魔鬼可不允许与他攀谈。他是希腊人，他所发明的东西，都是闻所未闻的。你看见地上的瓷砖了吗？清一色的五角星和五角形。他打算把全部地面都用这种瓷砖铺上，而且不能有任何接缝，这是办不到的，他由此发现了无理数。从5里面拔萝卜，从2里面拔萝卜。你还记得，那些讨厌的数是些什么数吗？”

“当然。”罗伯特肯定地回答。

“他叫毕达哥拉斯（古希腊数学家、哲学家），”数字魔鬼小声地说，“那么，你知道他还发现了什么吗？这个词叫Mathematik——数学。好吧，现在我们正好来到这里了。”

他们现在走进去的这个大厅，是罗伯特所见到的最大的一个大厅，它比大教堂还大，比体育馆还大，而且这里有许多许多美丽的东西。大厅的墙壁是用马赛克装饰的，墙壁上总是显示出不同的图案。一个大大的露天台阶直通高处，高得使他们一眼看不到头。在楼梯平台上有一个黄金做的宝座，可宝座是空的。

罗伯特感到非常惊奇。这么豪华的住所，数字魔鬼却一点也不介绍。

“这不可能是地狱，”他说，“这一定是天堂。”

“别说这个词。你知道吗，有时候，在夜里，当我对我研究的问题无法取得进展的时候，简直到了让人发疯的地步！我甚至也不敢有任何抱怨。这时，人们离解决问题也只有一步之遥了，但却突然站在一堵墙的前面——这就是地狱。”

罗伯特很礼貌地沉默下来，向四面张望。直到现在他才发现，大厅的中央还摆着一个几乎一眼望不到边的长餐桌。墙的前面站着许多仆人，在紧挨着入口处的地方，他看见一个高个子的家伙，手里拿着一个棒槌。这个人正在挥起棒槌敲一个大锣，锣的声音紧接着在整个大厅里回响起来。

“过来，”特普洛塔克斯说，“我们到末尾找我们的座位去。”

当他们在长餐桌的末尾处坐下来时，那些有名望的数字魔鬼拥了进来。其中有罗伯特认识的奥伊勒、格罗斯教授，还有斐波那契，他把一只兔子放在肩膀上带了进来。但这些教授中的大多数人他都没见过。这些人中有身着盛装大步流星走来的埃及人，脑门儿上有红点点的印度人，身穿斗篷的阿拉伯人，穿袈裟的和尚，还有黑人、印第安人，以及佩带弯刀的土耳其人和身穿蓝布工装裤的美国人。使罗伯特感到惊奇的是，这里有这么多数字魔鬼，但其中却很少有女性。他最多看到五六个女性形象，而且她们看上去也不特别受重视。

“那么，妇女究竟在什么地方呢？难道不允许她们到这里吗？”他问。

“以前人们一点都不想知道她们的事情。数学，在这个宫殿里被称为是男人的事。但我想，这种状况一定会改变的。”

成千上万的人紧挨着坐在了他们各自的椅子上，并且相互嘟囔着打着招呼。然后，那个高个子的男人又敲了一下锣，于是大厅上安静了下来，全场鸦雀无声。这时，从宽大的楼梯上走下来一位身着丝绸长袍的中国人，他在金制的宝座上坐了下来。

“他究竟是谁啊？”罗伯特问。

“他就是0的发现者。”特普洛塔克斯小声说。

“那他一定是最伟大的了？”

“第二最伟大，”他的陪同者说，“最最伟大的住在最上面，楼梯终止的地方，在高高的云彩里。”

“他也是一个中国人？”

“如果我知道就好了！我们至今连一次也未见过他。但我们大家都很尊敬他。他是我们所有数字魔鬼的首领，因为他发现了‘1’。谁知道呢，他也许根本不是男人。也许是个女人！”

罗伯特深受感动，他好长时间都闭着嘴，一言不发。在这期间，仆人们开始忙活起来，他们把晚餐端到了桌子上。

“这可是真正的圆形大蛋糕。”罗伯特叫道。

“嘘！小声点儿，我的小伙子。我们在这里只能吃圆形大蛋糕，因为圆形大蛋糕是圆的，还因为所有完美无瑕的图形都是圆的。请尝一尝。”

罗伯特从来没吃过这么美味的东西。

“如果你想知道这个圆形大蛋糕有多大，你该怎么办？”

“我不知道。你没给我讲过这个，在学校里我们整天跟‘8’字形烘饼打交道。”

“算这个东西，你需要无理数，它可是所有数字中最重要的一个。那位坐在最上座的先生早在两千年前就发现了无理数。要不是他，我们现在也许还不能准确地知道这个圆形大蛋糕有多大，或者说我们也许不知道，我们的轮子，我们的戒指，我们的油桶有多大。简直是所有的东西，几乎都是圆的。甚至月亮，我们的地球也都是圆的。没有pi（π）简直是什么事情都做不成了。”

在这期间，大厅里嗡嗡作响，原来是数字魔鬼们热烈地讨论起来了。他们中的绝大多数人吃得津津有味，只有极少数人仍然陷入沉思，直直地望着天空，并同时转悠着取自圆形大蛋糕上未烤透的面捏成的小面球。端上来的喝的东西也非常丰富。他们用五角形结晶玻璃杯祝酒，而不是用克莱因先生的变形的瓶子祝酒。

当晚宴结束时，锣声响起，0的发现者起身离开了他的宝座，他的身影在向上去的楼梯中慢慢消失。其他数字魔鬼，当然是第一重要的数字魔鬼也陆续站起身来，回到他们各自的房间。最后，只有罗伯特和他的保护神还坐在那里。

一位身穿华丽制服的先生向他们走来，罗伯特一点也没有发觉，这时他已来到他们身边。他一定是秘书长，罗伯特心想，他就是在给我的邀请函上签字的那个人。

“这么说，”那位身居要职面带严厉神色的人说，“他就是你的徒弟了？太小了，你不觉得吗？他一定会一点魔术了？”

“还不会，”罗伯特的朋友说，“但如果他继续这样做下去的话，他一定很快就会变魔术了。”

“那么，他和质数怎么样？他知道多少有关质数的事？”

“有多少知道多少，”罗伯特飞快地回答说，“比如像一般性的、无理性的、蹦蹦跳性的。”

“那很好，接下来我们打算对你免去下一步的考试。你叫什么来着？”

“罗伯特。”

“起立，罗伯特。我就此接纳你为初级数字学徒，并授予你第五级毕达哥拉斯数字勋章，以表示对你尊严的象征。”

话音刚落，他就把一个沉甸甸的项链挂在罗伯特的脖子上，项链上还晃动着一个金制的五角星。

“非常感谢。”罗伯特说。

“当然，这个勋章你要秘密戴着，不要让人看见。”秘书长又补充说。还没等罗伯特再看他一眼，他就转身离去，迅速消失了。

“好吧，就这样吧，”罗伯特的朋友兼师傅说，“我现在也该走了。从现在起，你必须认识到，你可以独自胜任你的研究工作了。”

“你说什么？你可不能就这样丢下我不管了，特普洛塔克斯！”罗伯特喊道。

“非常抱歉，但我必须要工作去了。”老人回答说。

罗伯特注视着数字魔鬼，他很感动，而他本人心里也很难过。他从来就没有像现在这样意识到，他是多么喜爱数字魔鬼。不管是他们中间的哪一个，都会觉察到这一点，于是特普洛塔克斯只说了一句：“再见！罗伯特。”

“再见！”罗伯特说。

现在，他的朋友已经走远了。巨大的大厅里，只剩下罗伯特一个人坐在收拾一空的长餐桌前。

我所关心的是，现在我怎么才能回家去？罗伯特想。他突然感到，他脖子上挂的项链好像一分钟一分钟沉起来。另外，他胃里的神奇的圆形大蛋糕使他昏昏欲睡。也许他也喝多了？但不管怎样，他在椅子上打起瞌睡来了，不大一会儿，他就深深地睡着了，就好像他从来就没有爬到师傅的肩膀上从窗户上飞走似的。

当他醒来时，他当然仍旧躺在他的床上，与以往一样，他母亲摇晃他，并喊道：“时间很紧了，罗伯特。如果你再不马上起床，你非得晚了不可。”

“啊，是这样的，”罗伯特自言自语地说，“总是这个样子。在梦里可以得到最好的圆形大蛋糕吃，如果走运的话，还可以得到一个金制的五角星挂在脖子上，但刚一醒来，一切都没有了。”

但当他穿着睡衣站在浴室里刷牙的时候，有个东西在他的胸前搞得他直痒痒。于是他看了一眼，发现那个地方有一个极小的五角星挂在一条细小的金项链上。

他几乎不敢相信，这次的梦使他的确得到了一点东西。

当他穿衣服的时候，他把项链和小星星摘下来，藏在裤兜里了，不然他母亲又要问一些令人不愉快的问题了。“你从哪里弄来的这个小星星？”她一定会马上就问，“真正的小伙子是不戴首饰的！”

这是一个秘密勋章，罗伯特是无法跟她解释清楚的。

在学校里一切如旧。只有博克尔博士给人一种非常疲劳的感觉。他一直埋头在他的报纸里。很显然，他是想不受干扰地吃他的“8”字形烘饼。每当这时，他就会想出一道作业题，绝对是这样，全班同学将需要剩下的一个小时才能解答出来。

“你们班有多少个学生？”他问。

勤奋的多里斯马上站起来并且说：“三十八个。”

“好，多里斯。请注意听。你们班的第一个同学，他叫什么来着，阿尔贝特，对，阿尔贝特要搞到一个‘8’字形烘饼。你，贝提娜要搞到两个‘8’字形烘饼，查理搞到三个，多里斯搞到四个，以此类推下去，直至第三十八个同学。现在请你们算一算，全班同学按照这个方式搞下去，我们要搞到多少个‘8’字形烘饼？”

这又是一个典型的博克尔式的作业！见他的鬼去吧，罗伯特想。但他并没有让人觉察到他的心理活动。

博克尔博士开始安安静静地看他的报纸。同学们弯着身子打开他们的作业本。

罗伯特当然没有兴趣做这些低级的作业。他坐在那里，心不在焉地凝视着窗外。

“出什么事了，罗伯特？你又在做梦了？”博克尔博士喊道。他原来一只眼睛在盯着学生呢。

“我已经开始做了呀。”罗伯特一边说一边开始在他的作业本上写道：

$$1+2+3+4+5+6\ldots$$

我的天哪，真是无聊！当他写到12时就乱套了。他出了点麻烦，他这位毕达哥拉斯数字勋章的获得者，不管怎么说，这也是第五级呢！他突然想起来，他没有戴他的小星星。他把它放在裤兜里了。

他小心翼翼地把它拿出来，挂在脖子上，博克尔博士一点都没有发现，因为他戴在脖子上很合适。就在这一瞬间，他就已经知道，如何用简便方法计算出这道题了。用三角形数字就可以不费劲地解出来。这还需要知道别的什么呢？他在作业本上写道：

$$\begin{array}{cccccc} 1 & 2 & 3 & 4 & 5 & 6 \\ 12 & 11 & 10 & 9 & 8 & 7 \\ \hline 13 & 13 & 13 & 13 & 13 & 13 \end{array}$$

$$6\times 13=78$$

如果这个得数用1到12的数字求出来的话，那么那个得数也可以用1到38的数字求出来！

$$\begin{array}{cccccc} 1 & 2 & 3 & \cdots & 18 & 19 \\ 38 & 37 & 36 & \cdots & 21 & 20 \\ \hline 39 & 39 & 39 & \cdots & 39 & 39 \end{array}$$

$$19 \times 39 = ?$$

他在课桌下面小心地从书包里抽出他的计算器，并在上面键入：

$$19 \times 39 = 741$$

“我算出来了，”他说，“这纯粹是小儿科！”

“什么？”博克尔博士一边说一边又埋头读他的报纸了。

“741。”罗伯特小声地说。

这时，全班都安静了下来。

“你是从哪里知道的？”博克尔博士问。

“噢，噢……”罗伯特回答说。这几乎都是他自己做出来的。于是，他把他的小星星往汗衫里塞了塞，并感激地想起了数字魔鬼。

注意!

在梦里遇到的一切与在学校里和科学中遇到的完全不一样。当罗伯特和数字魔鬼在一起聊天的时候，他们往往用比较特殊的方法表达。这一点儿也不稀奇，因为《数字魔鬼》的故事本来就是一个奇怪的故事。

但在现实中，不要相信所有的人都懂他们两个使用的梦中词！例如，你们的数学老师或你们的父母，如果你们对他们说蹦蹦跳或拔萝卜，他们根本不懂你们说的是什么意思。也就是说，成年人把你们说的完全听成了另外一个词：他们把蹦蹦跳说成是乘方，把拔萝卜说成开方。顶呱呱数在数学课上叫质数，而且你们的老师从来也不会说5的碰碰撞，因为他认为这是一个外来词，他把它叫作5的阶乘。

这种专业用语在梦里当然是不用的。在梦里也根本没有这些清一色的专业用语。这就是说，如果数字魔鬼形象地讲某一问题，并将某一数字蹦蹦跳的话，那就是用它来代替乘方的一种说法，这样就不会使儿童明显感到厌烦：在梦里我想干什么就干什么。

但在课堂上不能睡觉，更不能做梦。因此，如果你们的老师像全世界所有的数学家那样表达的话，那他们是对的。请你们完全听老师讲的，否则在学校里就会造成麻烦。

致谢

本书作者不是一位数学家，因此他发自内心地感谢那些指点过他的人。

首先要感谢他的数学老师特奥·伦纳尔，他是德国物理学家索末菲的学生，与书中博克尔博士的意见完全相反，他始终想证实数学充满的是兴趣，而不是恐惧。

在下面这些新数字魔鬼中，他们的工作已证实他们的付出产生了作用，他们是约翰·H.康瓦伊、菲利普·J.戴维斯、凯特·德夫林、伊瓦·埃克兰德、里查德·K.古伊、罗伊本·黑尔斯、康拉德·雅科布斯、特欧·凯姆佩尔曼、伊姆雷·拉卡托斯、本诺特·曼德尔布罗特、海茵茨－奥托·佩特根和伊安·斯特瓦尔特。

位于波恩的马克思·普兰克数学研究院的数学家皮特·穆雷是个十分友好的人，他审阅了全文，并改正了一些错误。

当然，上述先生中的任何一个人都不对罗伯特的梦境担负任何责任。

H.M.恩岑斯伯格

1996年秋

写于慕尼黑